La Cofradía de la Luz

Mary Rogers G.

La Cofradía de la Luz

Mary Rogers G.

2º Edición: febrero 2025

ISBN: 978-956-404-321-0

Registro de Propiedad Intelectual: 2021-A-6594

Diagramación: Francisco González

Edición original: Ediciones del Gato
Segunda edición: Bartholin Editorial
Impreso en USA/ *Printed in USA*

A Trini, Tomás, Sergio y Sofía.

Índice

I

...demia se expande con rapidez. Por ello, las autoridades han decretado la suspensión de todas las actividades hasta nuevo aviso. Las personas deben permanecer en sus hogares. La cifra de infectados hasta el momento alcanza cuatro mil seiscientos sesenta y seis a nivel global, lo que indica que su crecimiento exponencial es una realidad. Ya es un hecho. El mundo cambiará de aquí en adelante. Pasando a otras informaciones...

Silencio en las calles. El sonido del viento lo abarca todo, como un animal salvaje apoderándose de lo que está a su alcance. Un planeta fantasma con humanos como hormigas. Ocultos. Aterrados. Esperando ser aplastados por algo desconocido. "Apocalipsis *zombie*. Waaaa. Eso parece. Cosa tan buena. No hay colegio mañana", piensa Mello. Ni al día siguiente. Ni al subsiguiente. Nadie sabe cuándo podrán volver al colegio. "Bacán. No. Un virus que se extiende y acecha a todos no puede ser bacán. Pero igual". Miguel de la Huerta disfruta de antemano el futuro que se avecina. Libertad. ¿Libertad encerrados en las casas? No puede ser tan fácil, algo inventarán. Clases en línea o pruebas, cualquier tortura académica, pero no importa. Fin de las carreras al metro para llegar a tiempo. Fin de las horas perdidas en salas de clase con personas hablando algo que a nadie le importa. Mira el televisor. Apaga el noticiero. Es medianoche.

Piensa en todo el tiempo que tendrá de aquí en más. Su proyecto: hacer música, hacer música y hacer música. Con los instrumentos que se ha ido consiguiendo partirá componiendo mañana. Tiene planes de hacer un concierto gigantesco con instrumentos que no existen en ninguna parte del mundo. Armados por él. Tiene trabajo para décadas, se encoge de hombros. Los equipos solo para su uso personal. Demasiado bacán. Podrá experimentar todo tipo de efectos de sonido. Ahora, a dormir. Deberá organizar su día. Hará una prueba general, experimentará con los instrumentos, los niveles. Mañana habrá demasiadas cosas. Muy bien. Apaga la luz, se duerme. ¿Se duerme? No lo sabe bien.

De pronto despierta, los ojos enormes fijos en la oscuridad. Siente que el tiempo se ha detenido. Está en su pieza, pero es raro. Ve escenas, cosas que están pasando en otra parte. ¿Dónde? Se desorienta. Ve que su madre está pintando en el *garage*. Un haz de luz sobre ella. Mello mira la tela. En ella está toda la familia. Un cuadro pleno de claridad, colores brillantes, sonrisas. "El mejor de la mamá", piensa. Buenísimo. Todos abrazados, juntos, las manos tomadas. Algo sucede. Sin aviso su madre sale de escena y los mira desde afuera. ¿Los abandona? Pareciera. Angustia. Eso le llega fuerte a Mello. Su expresión contiene toda la tristeza. Es terrible su dolor. Claramente está sufriendo. Y él no puede hacer nada. Solo la mira. Mello se remueve inquieto. Los rostros del cuadro comienzan a borrarse, sus propias facciones se están deshaciendo... Da un salto, abre los ojos y prende la luz del velador con el corazón latiendo a mil.

"Es solo un sueño", se dice, pero crece un nudo en su garganta. Papá se fue hace más de un mes y nadie sabe de su paradero. Algo duele en el pecho. Mamá casi no ha vuelto a pintar, se pasea por la casa como *zombie*. No habla, ni siquiera alega cuando algo le molesta. Ahora no reacciona a nada. Pilar, como siempre, tiene sueños raros. Un escalofrío y una lágrima que no logra atrapar. Su hermana parece estar soñando hasta cuando está despierta; ausente en mala de todo lo que pasa en el mundo.

Solo Federico está feliz. Desde los cinco años cree las explicaciones que recibe del mundo, las que los mayores inventan en el momento para que no siga preguntando. Porque Fede es un preguntón. "Papá está en un congreso secreto", le dijeron. "Demasiado secreto. No puedes hacer ninguna pregunta acerca de eso ni contárselo a nadie". Y Fede cumple al pie de la letra, emocionado. Aprieta los labios cuando oye hablar de su padre y hace un gesto de espía pegando la espalda a la pared, primero, para cruzar el índice en los labios después. A Mello le dan ganas de abrazarlo. Es su hermanito. Se siente totalmente responsable de él (el dolor en el pecho sube hasta la garganta, se junta con el nudo y se atasca ahí, con ganas de salir).

La abuela Inés sigue trabajando. Ella dice "trabajar" por leer el tarot sin cobrar. La abuela es sencillamente in-cre-íble. La noche anterior, después de las noticias, avisó a sus "clientes" que seguiría "atendiendo" por teléfono o por Internet. Pensando en ella, Mello vuelve a sonreír. Siempre ha creído que su abuela maneja el mundo con hilos invisibles. Ella se encarga de todo el aprovisionamiento; cajas de víveres llegan cada semana en forma mágica, nadie sabe de dónde. Excepto la abuela Inés. Lleva las riendas de esa casa. "Y de mucho más", se dice Mello.

No va a poder dormir ahora. Lo sabe (la presión se convierte en espasmos, un sollozo y un río de agua, y mocos que salen por la nariz y por los ojos. ¡No! Tiene que hacer algo. Nadie puede verlo así). Se calza las pantuflas con uñas de león, se pone un polerón sobre el pijama y se instala frente al computador. Debe navegar por si hay alguna noticia de papá. No, mejor no, hoy no. Va a pensar positivo, como recomienda la abuela. Cierra los ojos, imagina. Antonio ríe y canta. Sí, va a estar bien. ¿Irá a estar bien? ¡Cómo duele algo adentro! Llora algunos minutos, hasta que las lágrimas se niegan a seguir saliendo.

Inhala profundo. La abuela siempre dice que respirar puede mejorar cualquier situación. Luego exhala despacio, inhala, exhala; inhala, exhala. El nudo en la garganta ya no está; tampoco el del pecho. Abre el MIDI que compró con el dinero que ella le dio para su cumpleaños y comienza a probar algunos acordes. Una melodía da vueltas por su cabeza. ¡Va a componer! ¡Ay, qué aventura! Primero la base. Guitarra. Bajo. Batería. Va agregando instrumentos. Falta la voz. Mañana será, cuando la familia despierte. Así pondrá un par de cuerdas de verdad también. ¡Cómo le gusta la música! ¡Es tan fácil comunicarse con ella! A sus amigos les encanta; desconfiaría de ellos si no fuera así. Algo tienen los sonidos que reflejan a quienes los usan. Es algo que sabe desde pequeño. Su madre dice que a los pocos meses cantaba solo en la cuna. Al igual que su abuelo, ese que no conoció. Parece que el amor por la música es familiar. De más. Quiere formar una banda. Como multi-instrumentista puede adaptarse a otros músicos que tengan un grupo.

Hay que tener cuidado con las ideas; algunas son más fuertes que otras. Mala cosa la falta de control propio. Ahora, encontrar a papá. Deja la composición y teclea el nombre de su padre. Los buscadores señalan la existencia de Antonio de la Huerta, científico chileno. Los enlaces repiten la misma información. Que hace un mes partió a un congreso y aún no ha vuelto. Que el investigador en epidemiología más importante del país no ha hecho declaraciones respecto a la pandemia. Que ningún medio ha podido ubicarlo. Que es una irresponsabilidad su marginación de los hechos mundiales. ¿Qué? ¿Algunas personas son tontas o qué? ¿Cómo pueden decir que papá es irresponsable por no aparecer? ¡La universidad debería salir a defenderlo, saben que su principal preocupación es la gente! ¡Grrrr, qué rabia!

El viejo reloj de campana marca las dos.

Kat, el cachorro *beagle*, está inquieto; lo escucha haciendo ruidos en el patio. El soplo del viento suele afectarle; por ahora parece más molesto que en otras oportunidades. Emite gruñidos cortos, intermitentes. Aúlla con fuerza. Escalofriante. A Mello le parece interminable. Curioso e intranquilo, se asoma por la ventana para constatar que no haya un intruso en el jardín. Además de la oscilación de las copas de los árboles, no percibe ningún movimiento. No hay un alma en las calles. El barrio se le antoja una ciudad fantasma dibujada por la débil luminaria. Ahora entiende a Kat. El resplandor de los faroles se hace más y más débil. Santiago está oscuro. Mello escucha con atención. Nada indica que algo raro suceda. El silencio es total.

Cree ver una sombra a través de la reja. Mira por segunda vez; comprueba que no hay nadie. No existe alguien tan delgado como para caber por el espacio libre en medio de los barrotes. Sonríe. Recuerda la vez en que lo intentó y tuvo que venir bomberos en su auxilio. Escándalo en el barrio. Las bromas de sus amigos, la preocupación de mamá. Casi puede ver lo que sucedió ese día. Y una vez que todo pasó, ese magnífico pastel de chocolate de la abuela. ¡Mmmm! Ese que calma todos los males. Otro aullido. Un escalofrío lo vuelve al presente.

Abre la puerta y baja las escaleras en puntillas. Los peldaños crujen a cada paso. Es tarde, no quiere despertar a nadie. La única fuente de luz en el primer piso proviene de las brasas de la chimenea. La sala se siente cálida aún. Con el corazón acelerado, sale al jardín y da un silbido suave. Es la señal para indicar al *beagle* que esta es su noche de suerte; hace demasiado frío para que el perrito permanezca a la intemperie. Una vez en sus brazos, Kat agradece el gesto dándole lengüetazos en el rostro. Mello cierra la puerta con el pasador hasta el tope. Ambos van a la habitación.

¿Será que el temporal ha causado el corte de electricidad? Sentado en la cama, Mello acaricia a Kat que huele todo lo que encuentra a su alrededor, dando vueltas acomoda la colcha con sus patas y se enrolla para dormir. Mello sigue inquieto, se sienta frente al computador y retoma la búsqueda en la red. Nada nuevo. Es como si el tiempo se hubiese detenido. Dos golpes en la puerta lo dejan sin respiración.

-Mello, ábreme a-h-o-r-a, es urgente... por favor.

Apenas saca el pestillo, entra Federico pálido como mimo. Se impresiona. Se le aprieta el pecho y pregunta qué pasa. Su hermano comienza a hablar.

-Lo están planeando ahora, Mello. Se la quieren llevar también y tengo miedo -dice temblando. Su mirada está fija en un punto de la ventana.

-¿De qué hablas? -pregunta acuclillándose para estar a la altura de su hermano.

-Lo están planeando ahora, Mello -repite-. ¡Haz algo, por favor haz algo! -exclama sin cambiar el foco de su mirada. El pequeño cuerpo está rígido, lo mismo que el rostro. Sus lágrimas caen como si salieran de un muñeco. Mello no sabe cómo actuar. Decide acunarlo. Fede se suelta y, abrazado a él, solloza. Lo lleva hasta su habitación, ubicada entre el dormitorio de su madre y el propio.

En momentos como esos se da cuenta de lo indefenso que es. Con ternura lo mete en la cama junto a su peluche preferido (un gran sapo verde limón llamado Zapatilla) y le da un beso en la frente. Cuando ve que el chico cierra los ojos apaga la luz y lo observa un instante desde la puerta.

-Todo va a estar bien, Fede -asegura-. Duerme tranquilo.

-Salva a mamá y a papá, Mello. No dejes que se los lleven -dice el niño, haciendo que a Mello se le ponga la piel de gallina y vuelva a encender la luz solo para descubrir que Federico duerme profundamente. Es como si nunca hubiera hablado, como si nunca hubiera sucedido lo que acaba de presenciar.

II

La mañana trae el recuerdo de las noticias gratas. No hay clases. Tiempo para la música. También lo amargo. La pandemia. ¿Qué sucedió realmente con Federico la noche anterior? Fue raro, muy raro. Y el nudo en el pecho. Ahí está. Sube otra vez. Se atraviesa. Los ojos se vuelven océanos. El pecho sube y baja. La respiración es corta. No va a llorar.

Es temprano. La casa está en silencio. Si afina la atención puede oír el roce de los neumáticos frenando en la calle. ¿Quién se habrá atrevido a salir en este tiempo prohibido? El viento y la lluvia han dejado el pavimento sembrado de hojas. Mello da vueltas en la cama intentando volver a dormir. No lo consigue. *Salva a mamá y a papá, Mello. No dejes que se los lleven*. La frase lo inquieta. ¡Como si él pudiera hacer algo! No es un superhéroe. ¡Ay, cómo le gustaría serlo! Invisibilidad. Oh. ¡Sería ma-ra-vi-llo-so! Entrar a la sala de profesores y escuchar lo que dicen en el consejo. Subirse a un avión para ir a Disney sin tener que pagar. Ver una película para mayores de 16. Pero no lo es. Los héroes con poderes especiales no existen. Lo sabe. Por suerte, lo de la noche anterior habrá sido un sueño. Quizás su hermano siempre ha sido sonámbulo y él nunca lo notó. Quiere olvidar la imagen. *No dejes que se los lleven*. Las palabras resuenan en su cabeza. *Lo están planeando.* Todo estaba bien antes de aquellos golpes en la puerta. Kat la rasguña ahora. Mello se levanta y abre. No sería bueno que el resto de la familia encontrara al cachorro dentro de la casa. Kat corre escaleras abajo y, después de unos minutos, lo escucha ladrar en el jardín. Misión cumplida.

Parado en el umbral, no está seguro de salir o retroceder hasta la cama. Es feriado. Volvería a acurrucarse en las sábanas aún tibias. No lo hará. Debe cultivar la disciplina. Va a ser un músico grande y conocido. Necesita mucha voluntad. Quiere aprovechar el tiempo, retomar lo que dejó pendiente. Crear. Pero antes, debe cerciorarse de algo.

Camina descalzo por el pasillo; una gruesa alfombra ahoga sus pasos. El ambiente de la casa aún es tibio a pesar del frío exterior. Intenta escuchar qué sucede en la habitación de su hermano. Lo oye cantar. Con cuidado, entreabre la puerta. Lo descubre jugando con Zapatilla.

-Ahora volverás a ser papá. ¡Abracadabra! -ordena, apuntando ambas manos al sapo de peluche. Luego le habla al oído. Solo juega. Se confunde en un abrazo verde, Zapatilla y él en pijama con patas del mismo tono. Ríe.

Unos locos bajitos. ¡La canción que escucha su abuela! La locura es felicidad. Un niño y un hechizo. ¡Plaf! Todo solucionado.

Él ya no es niño. A los 14 años se siente adulto. Cualquiera podría notar los centímetros de más en su altura. Mello se ha transformado. Dejó de creer en los hechizos. Un joven que fue niño hasta el día en que papá desapareció sin dejar rastro.

Recuerda perfectamente cómo sucedió. Se emociona mal. Dos meses atrás, un hombre delgado, sonriente, con la barba a medio crecer, subía corriendo desde el subterráneo dejando abierto el laboratorio. Quería mostrar algo a su familia, algo que esperaba entregar al mundo. Estaba contento, muy contento. ¿Una fórmula? ¿Un descubrimiento único? ¡Cómo saberlo!

-¡Lo conseguí! ¡Lo conseguí! -había gritado abrazando a todo el que se cruzaba por su camino. Se movía por la casa riendo a carcajadas. Cuando bajó la adrenalina del primer instante, intentó explicar. A nadie le importaba el qué o el para qué. Papá lo sabía. Celebraban su triunfo, su propia felicidad, esa felicidad contagiosa que reinó en casa por unas horas.

Mello había preguntado: "¿quieren ir a grabar?" y todos respondieron con un "¡Sí!" gigantesco. La abuela se dispuso a preparar de inmediato una poción.

-Los cantantes deben cuidar sus cuerdas vocales -aseguró Inés antes de subir a su "santuario" y volver rápidamente, obligándolos a tomar una mezcla "asquerosa pero efectiva".

Papá se quitó la ropa de científico (un delantal blanco como esos que la gente cree que usaba Einstein) y bajó a realizar el montaje. Todos en acción. Instrumentos. Afinación. Nivel de sonido. ¡Perfecto! Él disfrutaba del proceso. ¡Y lo hacía tan bien! El *garage*, espacio ideal para compartir, estaba revestido con cuadrículas de esponja y alfombra para aislar el ruido. No había decoración, salvo un afiche de Sting y otro de Billie Eilish, más cuatro focos potentes. Habilitado un par de meses antes, había sido una sorpresa para los tres hermanos. ¡Un lujo! Mamá y papá pensaban que la expresión artística era una de las grandes herramientas de comunicación del ser humano. También creían que hacía bien para el alma. Sabían que la música producía personas especiales. La familia completa se entusiasmó con la sala y disfrutaba de ella cada vez que podían. La banda de la Huerta-Cross no solo tocaba música para las distintas generaciones que la integraban; además, componía.

Al comienzo, el resultado había sido ho-rri-ble. Desastre total. Cada uno insistía en ser la voz principal, con tonos diferentes. *¡Yo canto la línea melódica y tú haces la segunda voz! ¡No pienso! ¡Yo me sé todo el repertorio de los papás! ¡Vamos a cambiarlo, estamos en igualdad de condiciones! ¡Pero mamá, esto no va a funcionar!* Cuánta discusión. ¡Cuánta pérdida de tiempo! Por suerte, la abuela había intervenido. Escuchó, orientó e hizo ver lo mejor de cada uno. Dos semanas más tarde, ¡sonaban increíble! Hasta Fede comenzaba a imponerse con su voz pequeñita. Si-si-do-re-re-do-si-la. No, mejor do-re-mi-do-mi-do-mi. Mamá cantaba con su voz rasposa, de contralto. Pilar y su *tempo* perfecto en la batería se adaptaban a cualquier arreglo musical. Mientras tanto él, con la pedalera, la guitarra o el teclado, armonizaba la totalidad de la banda. Lo mejor de cada uno de los integrantes salía al tocar juntos.

Mello revive el sentimiento de esa última tarde. Siente la música en todo el cuerpo. No recuerda cuánto duró, solo que el tiempo feliz acabó con una llamada telefónica. Papá con el celular, tapándose un oído. Papá haciendo un gesto con la mano, para que siguieran tocando. Papá cerrando la puerta por fuera. Eso había sido el final de la actuación. La banda notó su ausencia. Faltaba el sonido del bajo. Faltaba la felicidad desbordante. Hasta una hora después confiaron en que volvía. Luego, todo se había venido abajo. Como un palafito al que se le rompe un pilote o una construcción golpeada por Angry Birds, ya nada era lo mismo que antes. Mamá y su enfermedad. La incógnita. La tristeza, suya y de sus hermanos. La abuela Inés desapareciendo demasiadas horas en su mansarda y ahora esta pandemia que destrozaba familias enteras. No era pesimismo. Lo había escuchado en las noticias. Era una cadena de males desatada tras la partida de papá.

Aún está parado mirando a Federico jugar con Zapatilla cuando vuelve a la realidad. Ya se está acostumbrando a sentir la piedra en el pecho cada vez que recuerda a Antonio. Necesita la música, ahora más que nunca. No hay clases. Buena.

Desanda sus pasos. Entra a su habitación, toma la guitarra. Dos pequeñas gotas se deslizan por la ventana; las sigue hasta que se quedan atrapadas en el marco inferior o comienzan a morir en la pared. Los dedos se adelantan a su decisión musical. Los primeros acordes rompen el silencio de la mañana. Las notas rebotan en las paredes, se amplifican. ¡Bacán! Había olvidado la sensación que provoca deslizar los dedos sobre las cuerdas. No pretende escribir partitura ni letra. Solo quiere tocar música. Dejar ir. Sin pensar.

Se acerca a sus instrumentos. Aún sin desayunar siente bien cómo sube la energía por su cuerpo. Dedos y manos se agilizan. Los sonidos circulan por su habitación. Una partitura en su cabeza. Miguel vuelve a ser Mello, el niño esperanzado. ¡Bien! La piedra comienza a deshacerse. También las gotas de las ventanas. Buen augurio. Tal vez hoy suceda algo bueno. Tal vez hoy tenga noticias. Enciende el computador. Repite una vez más los acordes que acaba de tocar y sonríe. Cuando aprieta la tecla REC del programa de grabación, un golpe en la puerta lo hace saltar de su asiento.

III

-¡Necesito hablar contigo! -exclama Pilar que, aún en pijama, con los ojos desorbitados empuja la puerta. No mira a su hermano. Se instala sobre la cama con las piernas cruzadas. Intenta esconder sus manos bajo las mangas; no lo consigue. Respira con dificultad. Pálida, forma una cavidad con ellas y las entibia con el vaho de su boca. Tiembla.

-Adelante, pasa no más. No necesitas permiso -responde Mello, irónico, mirándola de reojo. No sabe qué quiere ni tiene ganas de averiguar. Está en un momento importante. Importante no, fun-da-men-tal para su creación. Sigue revisando el programa de música en el computador. Ajusta niveles de memoria. Se apresta a grabar. Hace un acorde en la guitarra.

-Mello, lo que tengo que contarte es serio. Se trata de un sueño -dice en voz baja cerrando los ojos y afirma la frente entre sus manos.

-¿Un sueño? ¿En serio? ¡Otra vez! ¿Para eso me hiciste parar la grabación? -reclama, sin notar su respiración agitada. La mira y pone los ojos en blanco-. Estaba empezando una melodía bacán y la arruinaste. Ahora, no sé si va a salir igual...

Pilar lo interrumpe con un gesto de la mano. Su mirada es inquietante.

-Déjame contarte. Puede ser... no sé, ¿importante? -dice-. Estaba en un lugar muy bonito, lleno de vegetación. Un campo. También era playa. Yo escuchaba las olas golpeando unas rocas que no veía. Me gustaba la sensación. Me dejaba ir. Caminando despacio, sintiendo la arena… El aire era limpio. Un millón de pájaros cantaba. Bichitos moviéndose. Cuando la gente describe lugares como paraísos terrenales deben ser así, precioso. Me habría quedado para siempre. No sé cuánto habrá durado esa imagen, esa sensación. Después, una espiral, todo se oscurecía. Me encontraba en otro lado. Yo sabía que estaba cerca, pero en otro lado. Bueno, tú sabes cómo son los sueños.

-Ya, ¿y? -pregunta Mello. Su pierna izquierda comienza a moverse, como cada vez que algo le inquieta o lo asusta.

-Aquí viene la parte mala. En esa oscuridad aparecía un castillo de piedra. Una caverna, una torre; algo como las construcciones extrañas que hace Fede en la playa. Todo era oscuro, escalofriante. No te podría decir exactamente por qué. Era como que las piedras te cercaban. Nada de luz.

-¿Todavía te da miedo la oscuridad? ¡Pilar, eres mayor que yo! -exclama el chico mirando a su hermana con incredulidad. Comienza a reír-. Ya, me alegraste el día. Ahora, ¿me puedes dejar para seguir haciendo los próximos hits de esta temporada? -Levanta una vía de la pequeña mesa de sonido y prueba el micrófono-. ¡Aló! ¡Aló, sí, sí!

Una nueva mirada rápida a su hermana lo detiene. A Pilar se le llenan los ojos de lágrimas.

-En serio, Mello. Déjame terminar -pide en un susurro.

Él se conmueve. La chica que tiene enfrente, descompuesta, parece una desconocida. El mechón blanco brilla más que de costumbre. A Mello le parece más mandona que nunca. El tic del ojo izquierdo ha vuelto. Debe ser algo grave. Mejor la escucha. Total, no será para largo y, si le presta atención, podrá seguir en lo suyo. Piensa que no es típico de su hermana andar lloriqueando por la vida. Es una chica fuerte; jamás llora, tampoco se queja. Podría hacerlo. Pilar tiene dolores constantes en el cuerpo, una de esas enfermedades raras que los doctores no saben muy bien cómo tratar. Algo diferente debe haber sucedido con ese sueño para que ella esté así de preocupada.

–La sensación me llenó de espanto. Del castillo salía una figura oscura que flotaba rodeada de sombras. No le veía la cara, se acercaba con rapidez. En el sueño yo tenía frío. A mi lado pasaban muchas personas. No miraban, no hablaban, no hacían nada más que caminar en todas direcciones. Desde alguna parte que no podía identificar escuchaba la voz de papá. Él te nombraba y decía algo en un idioma extraño, algo que tenía que entender antes de que me atraparan. La cosa, no sé lo que era, usaba una capa con el capuchón hasta la nariz. La tela dejaba a la vista unos dientes grandes y labios rojos, muy rojos, Mello.

–Era una mujer…

–No sé si era mujer. La boca era lo único que se veía. Seguía flotando hacia mí y yo no podía moverme. Se acercó tanto que sentí su aliento, putrefacto; en el sueño era capaz de olerlo. ¿No te parece raro? Igual no veía su rostro. Cuando desperté, mi corazón galopaba.

Pilar termina su relato mirándolo a los ojos. Los colores no han vuelto a su cara. Mello se da cuenta y le toma las manos. Su hielo le impresiona. Las frota con las suyas.

-¿Crees que anuncie algo, Pila? Pero, ¿qué? -pregunta con ternura.

-Sí, siento muchas cosas, pero eso no es lo peor de todo. Ahora necesito que me acompañes -dice, y le da una mirada como un ruego que Mello no se atreve a ignorar.

Los hermanos llegan a la entrada del *garage*. Pilar mira a Mello y abre la puerta. Una ráfaga de viento helado proveniente del interior les golpea la cara. Mello no puede evitar el escalofrío. Los instrumentos están apilados a un costado y no tienen puestas sus fundas. Al centro de la estancia Matilda, sentada frente al caballete, pinta enajenada un cuadro. No los escucha. No los ve. Descalza, con una camisa de dormir veraniega, parece una aparición. Piel grisácea. Ojos semidormidos. Greñas desordenadas. Mello está a punto de exclamar:"¡Mamá!" Pilar lo detiene con un gesto y le indica que debe acercarse. De pie detrás de su madre, descubre lo que ella está pintando. Ahora es él quien palidece.

IV

-¿Te das cuenta de lo que esta coincidencia significa? ¡Que no es coincidencia! El cuadro de mamá es igual a mi sueño. ¿No comprendes? -dice en susurros Pilar balanceándose a un lado y al otro.

-Pila, comprendo que hay algo extraño. Sí, no puedo negarlo. Pero esta vez no sucederá. En serio. Fíjate que mamá no es la misma. Sus imágenes no son premonitorias ahora. Mira cómo está. A lo mejor todo esto, el sueño y la coincidencia, tienen que ver con el mal famoso, ese que afecta a la mitad del mundo -dice tomándola por los hombros-. ¿Puedes dejar de moverte, por favor? A lo mejor tú también te estás contagiando... o no. ¿Y si lo tuyo solo fuera una pesadilla? Esto de estar encerrados es tan raro... puede afectar. No ha pasado mucho tiempo, pero se siente raro estar sin salir. ¿Crees que influya en ella? ¿En todos? Además, ella está yendo a terapia. O eso creo… Demasiado enredo.

Mello se acerca otra vez a su madre. Pilar lo toma del brazo y lo obliga a mantener la distancia.

-Mamá, ¿tienes frío? ¿Quieres que te traiga una manta? -pregunta. No recibe respuesta.

-¿Qué pintaste? -intenta Pilar desde lejos.

Algo glacial llena la habitación y los hermanos pueden ver el vapor que emiten sus bocas. Pilar incita a Mello a preguntar por la psicóloga. Alguna vez fueron amigas, es probable que haya otra conexión. Puede ser que responda al mencionarla, o por lo menos que reaccione.

-¡Mamá! ¿Cómo está Claudia?, ¿se han reunido? -pregunta el chico otra vez.

Pilar acierta. El nombre de su amiga parece traer a Matilda a la realidad.

-Sí, nos vemos una o dos veces por semana. Ella me sigue tratando desde la isla. Su compañía me hace bien -responde, y luego su mente se pierde en frases apenas descifrables-. ¿Claudia, me escuchas? Sí… No he vuelto a dormir… Dijiste que podría… lo entiendo… ¿Dónde estará?… Antonio… Se fue… de la nada… Lo intento… ¿Estás ahí? Duele… ¿segura?… Música… sala de ensayo… Sí… los niños… los mayores… ¡Ja, ja, ja!… Tú lo conoces… No lo haría… ¿O me habrá dejado? ¡Dime que no! ¡Claudia, dímelo!… los medios… brillante… no, nada… solo pinto… ¿Y si le hubiera ocurrido? ¡Claudia!

-Mamá… mamá… ¡Ma! -exclama Pilar con desesperación.

Matilda está ausente, ida. Deja el lienzo en el suelo. Con los pies y manos azulados camina a paso lento hasta el único armario del *garage*. Ahí busca otra tela. Es inmensa, le cuesta sacarla. Mello se acerca para ayudarla y ella rehúye el contacto. La madre instala el lienzo sobre el caballete. Toma un pincel grueso; con él lanza un par de trazos. Los hermanos reconocen la imagen. Otra vez el castillo con el que Pilar ha soñado. El mismo que pintó más temprano. Renacimiento. La oscuridad se repite, al igual que la pandemia. El virus se presenta en la tela, o eso piensa el chico al asociar la decadencia.

Las enredaderas pudriéndose, adosadas a la pared. Los muros torcidos.

-Es el mal -dice Mello y un escalofrío le recorre el cuerpo- el mal del que hablan en los noticieros.

Mello mira a Pilar; ambos están desolados. Perciben que algo grande los acecha, y no saben bien qué es. "Ni siquiera hemos prestado demasiada atención a las informaciones oficiales", piensa Mello. Siempre ha creído que los periodistas exageran. ¿Y si esta vez es cierto, y la situación es aún peor de lo que informan? Sensaciones. Percepciones. Matilda está enferma. El contagio se da por cercanía, o eso es lo que han escuchado. ¿Qué hacer?

-¿Crees que alguien pueda ayudar a mamá? -pregunta el chico yendo hacia la puerta.

-No sé. ¿Qué pasará con la gente enferma? ¿Habrá una vacuna? ¿Un antídoto, algo? -dice Pilar y el ojo izquierdo pestañea con rapidez independiente del derecho-. Me da miedo mamá ahora. Tenemos que dejarla aquí. Es mejor que no esté cerca.

-Pero, ¿qué decimos si Federico pregunta por ella? ¿Qué hacemos si quiere venir a verla? -pregunta Mello más a sí mismo que a su hermana, que se marea y se apoya en Mello. Él reacciona al frío de sus manos-. ¡Pila! ¡Estás congelada! Debemos volver. Hay que buscar respuestas, es urgente. Tenemos que impedir el contagio del virus a la casa. Necesitamos consejo sabio. ¡Vamos a la mansarda!

V

-Abuela... abu... -susurra Pilar acercando la boca a la cerradura.

Mello mira los signos que adornan la puerta, los observa como si fuera la primera vez. De alguna forma, es así. Siente que ahora la abuela les concederá el honor de entrar a su santuario. Así lo cree mientras espera y mira. Un círculo doble dividido en doce casillas. En cada una de ellas, un símbolo que ha visto en otro lado, no recuerda dónde. Al centro, dos estrellas superpuestas con otras figuras. Luna. Sol. Cinco satélites. Todos nombrados en inglés, en cada espacio que deja la punta de la estrella. Al centro, un círculo con más símbolos desconocidos. Le gusta lo que ve, aunque no sabe qué significa.

-Abuela... abu... -insiste Pilar.

No hay respuesta. Los chicos esperan unos instantes y luego emprenden la retirada. Cuando llegan al último peldaño de la escalera la puerta se abre. Inés se asoma y los invita a volver con un gesto. Lleva el pelo suelto, una cascada blanca que le cae hasta los hombros. La túnica de color violeta ilumina su rostro. Sonríe con los ojos; son dos pequeñas rayitas azules que se ensanchan. Parece mucho más joven de los setenta y cinco que tiene.

-Estaba meditando -dice y apunta a sus zapatos como una forma de indicarles que los dejen en la escalera.

Al cerrar la puerta tras de sí, Mello se encuentra en otro mundo. Las ventanas dejan entrar rayos en tonos púrpura y rosado que llenan la habitación. Algodones semitransparentes envuelven el ambiente. Se siente bien al estar ahí. Un calor suave le entibia el cuerpo. Mira alrededor, hipnotizado. Vigas de madera, chimes, cuarzos. Cuadros con figuras angélicas. A la derecha, un estante de pared a pared con libros de todos los tamaños y formas. Algunos brillan. Mello siente ganas de tocarlos. No lo hace. Más tarde, quizás. Al fondo, una cama. A la izquierda, dos sillones y una mesa. Una tela de la familia pintada por Matilda. Al frente, otro estante que acoge muchas cajas pequeñas. Inés sigue con la vista a Mello.

-Cada caja que ves contiene un tarot diferente. La sabiduría tiene distintas claves de acuerdo a la cultura de la cual proviene. Aunque todo es lo mismo.

Mello mira a Pilar, que sonríe nerviosa. Tampoco a ella le permitían la entrada a la mansarda hasta ahora.

-¿Qué significan los símbolos tallados en la puerta? -pregunta.

-Es un pentáculo, una figura que repele enfermedades provocadas por malas influencias. Solo algunos pueden traspasar el umbral; ustedes son privilegiados. Siéntense -invita, indicando unos enormes cojines llenos de lunas y estrellas ubicados en el suelo.

-¿Por qué hoy respondiste, abuela? O mejor, ¿por qué hoy nos dejas entrar? -insiste Mello mientras se acomoda cruzándose de piernas.

-Te respondo con otra pregunta. ¿Qué día es hoy?

-Mmmm... 21 de junio, creo...

-¡Exacto! ¿Y qué pasa hoy? -indaga mirando a los chicos por turnos.

-Empieza el invierno... -se aventura Pilar.

-Sí, y con él llega el solsticio y su magia. Madurez y muerte. La muerte como transformación del ser. Renacer, dejar de lado lo que no nos gusta, lo que no nos sirve. La acumulación de sentimientos y angustias nos tiene cansados. Hoy ustedes pueden dar un paso hacia la comprensión. Por eso están acá, porque hoy sí pueden ser parte de este santuario.

-¡Ay, abuela! Pero eso es muy raro. Es decir, lo había escuchado. En el cole celebramos el We Tripantu -comenta Pilar y la abuela sonríe.

-Abue, me encanta que nos hayas dejado entrar a tu... ¿cómo le dices? Ah, santuario. De verdad, gracias, pero tenemos una urgencia... -dice Mello mirando a Pilar, que se pone seria y asiente-. ¿Has visto a mamá? Está muy extraña. Casi no habla. No se queja, lo que es raro. Pila, cuéntale, por fa.

-Bien -dice ella y se aclara la garganta-. Anoche tuve una pesadilla. Soñé con un castillo oscuro, rugoso. Había olores, había angustia, había soledad. Cuando desperté tenía mucho frío, de ese frío que no se quita con nada. Fui a buscar a mamá. Fede dijo que estaba en el *garage*. Bajé, y cuando logré entrar, la puerta estaba atascada y vi lo que pintaba. ¡Era idéntico a mi sueño! Te-rro-rí-fi-co. Le hablé, pero ella no respondió. No ha dicho nada hasta ahora, ni siquiera cuando Mello le preguntó si tenía frío. ¡Y estaba en camisón!

 -Así es que sentiste olores en el sueño... mmm -susurra Inés para sí. Cierra los ojos un momento, se levanta y se acerca al mueble de las cartas. Acaricia un cuarzo y saca un mazo de tarot. Da un par de vueltas por la habitación murmurando algo. Los chicos la siguen con la mirada en silencio. Inés vuelve a sentarse con ellos en los cojines, que ahora tienen soles en vez de lunas, un detalle que solo Mello percibe y calla. Pilar mira las cartas con atención.

—¡Es un tarot redondo! —exclama.

—Un Madrepaz —responde Inés mirando a la chica—, un tarot que tú deberás aprender a usar.

—¿Yo? ¿Para qué?

 —Te voy a mostrar las cartas del Madrepaz —anuncia y comienza a sacarlas del mazo.

—¡Uy! ¡Son preciosas! —reacciona Pilar—. Y esos colores tan suaves... Igual las imágenes son potentes.

—¿Cómo que igual? Yo las encuentro bacanes —comenta Mello—. También quiero aprender, abue —agrega, ansioso.

—Mello, todavía no. Es el camino hacia la Diosa; la ruta para llegar a ella es el mito, el arte. Por el momento vamos a leer una tirada. Pilar, toma tres cartas con tu mano izquierda y ponlas sobre la mesa —indica la abuela.

La chica obedece. Levanta primero una carta y la pone a su izquierda con la imagen oculta. Su mano tiembla al sacar la segunda; la deja en medio de la mesa. Se apresura con la tercera. El silencio se apodera del santuario por unos segundos; solo se oye la respiración acompasada de los tres. Inés da vuelta las cartas. Mello y Pilar la observan. No pueden descifrar su pensamiento.

—Hay algo que deben saber —dice y sostiene sus miradas.

VI

-Las cartas dicen lo mismo que los noticiarios. La Torre... un cambio brusco. Mmmmm... Se devela una verdad, lo que podría ser muy bueno... mmm... lamentable, en este caso es muy malo... tiempos de terror -dice Inés, abstraída en las cartas, sin mirarlos. Pilar se tapa la boca. Mello abre mucho los ojos, esperando el resto de la información; pareciera que ninguno de los dos estuviera respirando. Silencio total en la mansarda. Inés sigue hablando-. Aquí está claro, la del Demonio... hay alguien que gana todo a expensas de los otros, utilizando mal su poder...

-¡No entiendo, abue! ¿No se puede hacer nada? -pregunta Pilar y suspira entrecortado como si se fuera a echar a llorar.

-¡Calma! -ordena-. Nos falta la última carta -agrega, dando vuelta la tercera lámina del tarot-. ¡La Estrella! ¡Muy buen presagio! La misma que me salió cuando murieron mis padres y me quedé sola en el castillo...

-¿Castillo? -exclaman los hermanos al mismo tiempo mirando a Inés sorprendidos.

-¡Ah, niños queridos! Otro día les contaré la historia real de la familia. Solo les puedo decir que nunca nos faltará nada... -asegura. Mira la última carta por algunos segundos y luego levanta la vista hacia Pilar y Mello, quienes aún tienen la boca abierta por la palabra "castillo" dando vueltas en el aire-. Lo que nos interesa ahora es la seguridad que tenemos en la Gracia de la Diosa. La Estrella. El amor y la confianza traerán sanación, renacimiento y liberación...

-Lindo, abu, pero y eso, ¿qué significa en realidad? -pregunta Mello, preparado para cualquier sorpresa.

 -Es todo, Mello. El mal que azota al mundo no es solo el virus. Es una conjunción de cosas malignas que siempre están al acecho. Es la desaparición de Antonio. Es la niebla que, cada cierto tiempo, confunde a las personas, se apodera del planeta y lo ensucia hasta enfermarlo...

-¿Cómo enferma al mundo, abue?

-La ambición, Pilar. El mundo está enfermo de ambición. Dividido. En conflicto. Se deprime. El espíritu se va volviendo gris. Cuando la niebla cubre al mundo en su totalidad aparece un ente con el alma sucia. Este ser reencarna gracias a la densidad de la niebla; lo hace en una mujer de carne y hueso a la que convierte en su herramienta. Ella revive en el mundo el Mal de Umak.

-¿Qué es eso? -pregunta Mello, cada vez más inclinado hacia adelante, como si acercándose a su abuela pudiera comprender mejor.

-¡El peor mal! Las personas se convierten en cáscaras sin sentimientos -explica con voz profunda. Los chicos se miran. No dicen nada, pero piensan lo mismo: Matilda pintando. La imagen de la tela-. Sé lo que están pensando. Esa es la mujer sombra que apareció en tu sueño, Pilar. Sí, la misma que pinta tu madre: la mujer del Mal de Umak. Ustedes están protegidos; son almas puras, así lo dice La

Estrella. Deben prepararse. La guerra con la niebla será a muerte, no está dispuesta a dejarse vencer.

Pilar comienza a llorar en silencio. Mello se tiende sobre el cojín, cruza las manos detrás de la cabeza y cierra los ojos. Inés se levanta y extrae hierbas de los frascos de colores que adornan una de las repisas. Pone la mezcla en dos tazas, abre un termo y les echa agua. Deja las tazas frente a sus nietos.

-Beban, la naturaleza es sabia. Los ayudará a descansar y reponer fuerzas.

Apenas prueban un sorbo ambos caen en un sueño profundo.

VII

Mello se estira sobre la cama. Abre los ojos. Bosteza. Es de día; no sabe cuándo ni cómo ha vuelto a su cuarto. Pilar ya está en el suyo. El recuerdo de sentirse muy cómodo después de una taza de té lo lleva a pensar en la mansarda de su abuela. ¡Eso! Otro pensamiento lo golpea como una piedra. ¡El Mal de Umak! Se le aprieta la garganta al recordar a mamá. Le duele el estómago. Tiene que hacer algo para salvar a sus padres. Él y Pilar deben hacer algo. Pero, ¿qué cosa? Debe pensar, pensar, pensar. ¿En qué? El mundo entero está enfermo.

Mira por la ventana. Las gotas de la lluvia nocturna aún permanecen en el pasto, reverdeciéndolo. Le gusta el invierno. Es inspirador. Sus mejores canciones han nacido en días lluviosos. Abre la ventana y el olor a tierra mojada le recuerda la primera vez que fue al campo con un grupo de compañeros de curso. Toda una semana de carreras a caballo, cosecha de manzanas y mandarinas. Bromas y risas. Era la primera vez que olía otro aire, que caminaba en el barro sin ningún cuidado. El campo y su encanto. El recuerdo se esfuma. Si todo volviera a ser como antes...

El Mal de Umak, lo único urgente. ¿Qué hacer? La pregunta golpea su cabeza una y otra vez. Cierra los ojos. De pronto, súbita, la idea. ¡Música! La música es lo único que puede llegar al alma. Si el alma está enferma, los sonidos pueden tocarla. Sanar. ¡Solo podrá hacerlo con la música!

Toma la lupera y la guitarra. Graba una base rítmica. Tum-tum-tu-tum-tum. Suena bien. Agrega algunos rasgueos con la guitarra hasta completar dos estrofas muy parecidas. Una tercera como puente. Estribillo. Comienza en Sol Mayor. Los acordes surgen solos. ¡Ay, qué bueno componer! Improvisa una melodía. Tararea. Escucha. Hay frases que le gustan. Cambia otras y repite la secuencia varias veces hasta que se convence. Tocar y repetir lo hace sentir feliz. Cuando termina la canción se la sabe de memoria; le gusta mucho más que todo lo que ha compuesto antes. La felicidad aumenta mientras graba la versión final. No sabe mezclar, pero regula los sonidos para que se escuchen en armonía. Pura intuición. *Voilá!* La escucha una, dos, tres veces.

Es hora de subirla a la red. La barra que carga los documentos muestra que todo va bien. Piensa en sus padres. Ellos dicen que la creación es el mejor lenguaje para unir a la gente. Falta menos para que la canción llegue a alguien. ¿A cuántas personas podrá alcanzar? La barrita verde avanza más rápido. No te detengas. ¿Para qué cantamos o pintamos? *Para dar vida a los pensamientos,* dijo papá. *Para eternizar los sentimientos,* dijo mamá. Ya casi estamos... que no se corte la luz... típico... creamos para decir... para expresar... para pelearle a la muerte. Waa. Eso es algo que dirían ellos. Está bien. Ahora, todo tiene sentido. ¡Bien! El tema ya está arriba. Falta un nombre. Mmmm. Encuentro. No. Mmmm. Camino de luz. No. Solo luz. La luz que necesita para salir a buscar a su padre.

Canción publicada.

★★★

-¡No puede ser! -exclama Sol esa mañana dando un puntapié en el suelo, casi al mismo tiempo que se tapa la boca con ambas manos. Quiere evitar la salida de más palabras fugitivas. Cuando eso pasa, no existe forma de detener el flujo. Se llena de ellas, inflándose como un pequeño globo, y debe soltarlas una a una, sin importar qué tan largas o agobiantes parezcan al decirlas.

No es buena tragando letras. Lo intentó una vez, cuando mamá le prohibió usar la computadora. En esa oportunidad tuvo ganas de decir cosas que no se decían a las madres y el resultado fue desastroso. Las palabras se mezclaron dentro de su cuerpo, provocando un dolor de estómago que la atormentó durante varios días hasta que las dejó salir cantando. Desde entonces decidió que, salvo en situaciones de emergencia, jamás volvería a guardarse las molestas letras.

Tiene que asumir que no es hora de gritar aunque se vaya la electricidad en el momento exacto en el que piensa contactarse con Manuel y Regine. Aunque tenga que decir cosas importantes a la una y media de la mañana. La verdad es que cualquier niña de 13 años debería estar durmiendo a esa hora, pero Sol no es, en absoluto, cualquier niña de trece años.

María Soledad Balerdi, Sol para los amigos, puede armar y desarmar computadoras, y es capaz de programar casi todas las funciones existentes en ellas. Se conecta a la red la mayor parte del tiempo y conoce sitios que los *hackers* ni siquiera sueñan. Pasa horas frente a la pantalla en silencio. Solo quien la observa de cerca nota su cansancio cuando el golpeteo del teclado disminuye y empieza a resoplar su flequillo. Si eso sucede, abandona su tarea habitual y se refugia en un rincón de su habitación a tocar una vieja guitarra eléctrica heredada de su padre. Para ninguna de las actividades hay límites, lo que es un importante punto de discusiones con su madre, quien primero le pide que se acueste, luego ruega, para finalizar ordenando que lo haga sin más peros. "¡Qué niña tan intensa!", dicen los mayores. "Adultocentrismo", responde ella.

Hasta los 12 años había lucido un pelo largo y liso, envidia de todas sus compañeras de curso. Al cumplir los 13, entró al baño y tijereteó los cabellos hasta que su cabeza se vio más parecida a la de un puercoespín que a la de una chica. El extraño peinado lejos de afear su rostro lo embelleció, enmarcando sus enormes ojos verdes y dejando la infinidad de pecas a la vista.

Sol intenta la conexión a través de su computador personal. Como ha olvidado cargarlo durante la tarde la batería le juega una mala pasada; apenas ingresa a la red la pantalla se va a negro. "Todo sucede por algo", se dice emulando a su tía abuela Margaret, quien siempre le aconsejaba ser flexible y aprovechar de variar el rumbo cuando las cosas salen mal. "La vida te da la opción de cambiar tu estrategia, querida, y elegir una mejor que la que habías planeado originalmente", solía decir Margaret en vida. Sí, porque la tía ha cambiado de estado hace unos años (ya no se encuentra en la tierra) pero sigue en contacto con su sobrina nieta a través de sueños y mensajes telepáticos. En un comienzo, a Sol, que ha sido educada en un medio totalmente occidental, las apariciones de la señora le causaban un poco de miedo, sobre todo cuando vestía túnica gris, lo que indicaba que estaba molesta por algo. Si tenía que dar un consejo o un mensaje amoroso la túnica variaba entre los tonos rosados y violetas. Con el pasar del tiempo, Sol supo que nada había cambiado. El amor permanecía, solo variaba la forma de comunicación con su tía. Incluso había llegado a establecer una conexión tecnológica. Cuando Margaret necesitaba entregar algún mensaje urgente, la pantalla cambiaba de color y Sol meditaba antes de dormir. Así, su mente se preparaba para comprender mejor el mensaje.

Tras el apagón en California, Sol intenta dormir. Necesita recuperarse de las largas horas pasadas frente al computador. No es fácil; sigue pensando y recién a las cuatro de la madrugada logra cabecear un rato. Una hora más tarde, de su computador emerge una melodía "¡Qué lindo! ¡Se pasó!", son sus primeros pensamientos. La música activa su cerebro y se siente especialmente feliz. De pronto lo comprende todo. Mira su teléfono y envía un mensaje a sus amigos.

–Por favor, escuchen esto.

VIII

-¿**Y**? ¿Qué les pareció lo que oyeron? -pregunta Sol por el chat a sus amigos.

Regine sonríe a la cámara medio dormida. Vive en El Líbano, y su madre toma pastillas desde el año en que comenzaron los ataques a la ciudad, el 2006. Nunca despierta con sus conversaciones nocturnas. Es el espacio que Regine ha reservado para ella. Aun así, es cuidadosa y no quisiera molestarla. Levanta los pulgares en señal de asentimiento y luego bosteza. El cabello oscuro cae en desorden sobre la chaqueta del pijama con los botones mal cerrados. Aún con sueño, sus ojos negros se ven enormes. La nariz delgada, la boca pequeña, se pierden en el brillo de su piel cobriza.

Manuel, en Madrid, tiene puestos los audífonos. Su rostro lo delata: no ha dormido en muchas horas. Sol evita reír al mirarlos. Sabe que ambos se han conectado de madrugada para hablar con ella. Si piensan lo mismo sobre la música que ha descubierto en la red, el sacrificio lo vale.

-Es… genial. Deberíamos hablar con él, para asegurarnos -sugiere Regine en un susurro mientras se mira en la pantalla e intenta ordenar un poco su cabello.

-Yo estoy seguro de que él es el cuarto integrante, pero tenéis razón. Hay que ver si al chileno le interesa pertenecer al grupo, si no cree que es una locura. Sería bueno averiguar qué sabe de la Cofradía. Debemos ser cautelosos al explicar para que no se asuste, digo. Ya hemos tenido otras experiencias -opina Manuel carraspeando.

-Claro, recuerdo cuando ustedes me hablaron de Cofraluz. Creí que estaban mal de la cabeza -recuerda Sol-. Después pensé en lo que habría pasado si me hubiera negado. No conocería su música, no hubiera tocado con ustedes en la banda. Nada de lo que tenemos habría sido posible....

-No habría pasado nada -dice Manuel.

-¿Cómo que nada? -inquiere Sol, intentando mirar con enojo al centro de la cámara.

-¡Hala, chica! ¡Que nadie es indispensable en esta cofradía! No habría pasado nada. Nunca sabrías lo que realmente significaba la banda. Solo te habrías perdido toda la aventura... -insiste Manuel, molestando.

-¡Claro! Él, el aventurero -dice ella con ironía-. ¡El más audaz en combatir contra los poderes malignos!

-Solo porque soy un poco más responsable que vosotras no significa que no sea aventurero... Desde que estamos juntos hemos tenido varias misiones...

Las chicas se miran por la pantalla, haciendo muecas casi imperceptibles.

-A ver, pongámonos serios -Manuel se ha dado cuenta de la burla y prosigue. Es un organizador, un líder nato-. ¿Qué opinas de esto, Regine? ¿Has despertado ya?

La aludida mira a la pantalla, intentando dejar de bostezar. Sonríe por tercera vez y se decide a dar su opinión.

-La música de ese chico es lo mejor que he escuchado en mucho tiempo. No, es lo mejor que he escuchado jamás. Eso. Nunca he escuchado algo así. Se sale de todos los cánones. Sin ofender -agrega, al mirar la expresión sorprendida de sus amigos-. Verán... Me dolía mucho la cabeza cuando me enviaste el enlace de la canción, Sol. Comencé a escuchar, ¡y al séptimo acorde se me quitó el dolor! Así de rápido. Fue como si nunca me hubiese dolido nada... nada. Fue igual que escuchar las composiciones de Calixto... o más que escucharlo... pensé que estaba exagerando... me pasó algo muy parecido, pero con más fuerza... sentí escalofríos igual que aquella vez...

-¿Ese día, cuando nos reunimos la primera vez? ¿En la isla? -apunta Sol.

-Esa... la primera vez.

-Inolvidable -tipea Sol.

-Saben qué, ¡no esperemos más! Voy a investigar un poco y le enviaré la nota. Yo les aviso cuándo nos reunimos con él, chicas.

-¡Eso! ¡No esperaba menos de mis compas! ¡Buenas noches! -se despide Sol.

-¡Ay! ¡Qué emoción! ¡Amo! ¡Buenas noches! -cierra Regine con un bostezo.

- ¡Buenas noches! -escribe Manuel y se desconecta.

IX

Mello abre la puerta de su pieza. De pronto, toda la alegría de haber hecho una canción se disipa. No entiende qué sucede. ¿Por qué tiene estos cambios de ánimo tan repentinos? Hace un par de minutos era feliz escuchando cada uno de los sonidos logrados en su última creación; ahora parece que una espiral de oscuridad lo succiona. Le duele el cuerpo, como si alguien lo hubiese golpeado. El cambio es brusco. Tal vez tiene fiebre. Sus ojos arden. Se siente mal, sin fuerza. ¿Y si es bipolar? Conoce a gente que lo descubre así, de un momento a otro. O quizás es la enfermedad de su madre. Tendría que preguntarle a Claudia. ¡Sería demasiada mala suerte!

Se tambalea, apoya la espalda en la pared y respira. Recuerda las notas escritas el día anterior. Otra música entra en su cabeza; no sabe de dónde viene. Está ahí, esperando a que él tome la melodía y la lleve al mundo. Se relaja. Trata de memorizar la secuencia. Algo lo guía. Se deja fluir. Tararea. Al hacerlo vuelve a caminar con más seguridad.

Avanza un par de pasos y se dirige al descanso de la escalera. Por alguna rendija entra un viento frío. Sabe que no es posible; su padre se encargó de sellar todas las aberturas antes del invierno. Aun así, percibe el aire glacial. Tiene la sensación de que alguien ha entrado a casa, alguien que contamina, que consigue paralizar todo. Revisa la casa. Nada. Silencio y hielo. En su mente aparecen palabras inconexas. Salvar. Misión. Madre. Papá. Nada es lo que parece. Umak. Necesita hablar con Inés a solas. Cuando se encamina hacia la mansarda un fuerte impulso le dice que vaya al *garage*.

Da media vuelta, baja la escalera, cruza la cocina y abre la puerta. Un viento gélido, peor que el del otro día, le golpea la cara, nublando su mirada por algunos segundos. Pestañea una, dos, tres veces. No puede creer lo que ve.

X

−**M**a-má −murmura Mello.

Matilda está aún sentada frente a un atril, inmóvil.

−¡Mamá! −repite, alzando la voz.

Ella no escucha, no reacciona. Con los ojos fijos en la tela que acaba de pintar, semeja una estatua de sal. A Mello le asusta el color gris verdoso de su piel. La corriente helada parece provenir de ella. El atril está cristalizado; todo a su alrededor lo está. A Mello, el corazón le late aprisa. Las piernas no responden como siempre. Avanza a paso lento.

Un olor nauseabundo surge de la tela. El chico hace un gesto con la nariz, intentando deshacerse de la fetidez. Una arcada le impide acercarse más. ¿Mamá habrá pintado con algo podrido? ¿Será un animal muerto que nadie ha visto? ¿O mucho peor?

A Mello le asusta la inmovilidad de Matilda y aquellas lágrimas sin llanto que corren por su rostro dejando un surco. Quiere aproximarse, tocarla. Algo lo retiene. Es una fuerza que la rodea, una energía que nunca antes había sentido. Una capa repelente se lo impide. ¿Y si realmente es el Mal de Umak y lo contagia? Sería horroroso, ¡horro-ro-so! enfermar. Convertirse en *zombie*, dejar de pensar. Actuar como un estúpido. ¡No! Es mamá. No se ha enfermado nunca, ni siquiera sale de casa. Aun así, no parece ella. Pero lo es.

En ese momento, la mujer lo mira.

Mello se da cuenta de que no es su mirada. Es diferente. Proviene desde más allá de su madre. O desde dentro de ella. Está clavado en el piso. Le castañean los dientes y no puede avanzar. Aterrado, siente el dolor de Matilda. Siente que ella no puede más. Siente que es un ruego desde algún lugar remoto. Un llamado a la acción. Ella, que siempre ha sido uno de los puntales de la familia, ahora está en peligro. Su padre no está. Todo su cuerpo tiembla.

Matilda fija los ojos en la tela otra vez. Recién entonces Mello descubre la imagen. Ahí están todos: Pilar, Federico, él, ella y Antonio. Son ellos, pero no lo son. Cinco figuras sin cara, sin color, sin movimiento. Cinco figuras retratadas en su muerte. Meras cáscaras, caminantes sin alma. La tela emana un olor cada vez más fuerte, como a huevo podrido. ¡Asqueroso! No puede dejar de mirar. Algo en la pintura vibra, algo que provoca malestar. Es como una planta que intenta apoderarse de todo. ¿Una enredadera carnívora?

Como telón de fondo, el mismo castillo derruido. "¿Qué significa esa pintura?", se pregunta para evitar la respuesta. ¡Es suficiente! Mello no sabe cuánto tiempo lleva mirando la pintura. Mientras más lo hace, más mal se siente. De pronto lo entiende y se obliga a dejar de mirar. La pintura hace mal. Mata. Debe alejarse. Debe huir.

Sintiendo una piedra en el pecho, Mello decide salir del *garage.*

La fetidez del aire es reemplazada por el olor a comida casera proveniente de la cocina. De inmediato cambia su ánimo. Hay algo alegre en ello, en el aroma del hogar. Escucha a Federico preguntando qué puede hacer para ayudar con el almuerzo. Piensa que ama a su familia, que las cosas de todos los días son lo mejor. ¿Por qué no lo entendió antes? Lo cotidiano es estabilidad. Inés y Pilar hablan al mismo tiempo algo que él no alcanza a oír. Sonríe caminando hacia su habitación. Pero el efecto no dura demasiado. Su angustia tiene nombres: los de sus padres.

Los sonidos de una melodía que no conoce llegan hasta él. Se le meten en la piel, en el alma. Lo invaden como luciérnagas dando vueltas a su alrededor. Silba los acordes. Repetir los sonidos lo reconforta otra vez. Tiene esperanza. Una intuición. La música. Siempre que hace música encuentra una solución. La mente insiste en alejarlo del objetivo.

No puede dejar de pensar en cómo comenzó todo, cómo surgió el cuervo negro que rodea su casa, su mundo. ¿Cómo se ha contagiado mamá? ¿Ha estado en contacto con gente enferma? ¿Cuándo? Y papá, ¿también habrá contraído el mal? Mmm... tal vez fue el primero... no volvió... quizás esté atrapado... ¡cálmate Mello! ¡Concéntrate!

Una vez en su pieza ve el computador encendido. Abre Spotify y descubre que su nueva canción ya lleva casi mil reproducciones. La repite un par de veces. Los sonidos que viene escuchando se integran a la melodía. Surge una idea. ¡Aún puede seguir mejorando la composición! Toma un lápiz y escribe, emocionado. ¡Qué bonito! ¡No! ¡Es mágico! Piensa en cómo sonará y le parece increíble. Es una especie de bálsamo. Con él puede aliviar la inquietud. Y si puede lograrlo con él también lo hará con más gente. Toma la guitarra, abre el micrófono y graba el arreglo nuevo. ¡Se siente tan feliz! ¡Está increíble! Lo envía a su celular. Si se escucha casi igual, lo publica.

Otra vez sube el tema a las redes. Edición dos: Luz. La anterior tiene tantas visitas... no la borra, deja ambas versiones. De un tiempo a esta parte le gusta todo lo que compone. Antes no le sucedía, y hasta le daba vergüenza mostrar su música. Ahora es diferente. Es como si alguien le ayudara a encontrar los sonidos perfectos. ¡Uy, qué bacán!

De pronto lo entiende. Lo que tiene es un don. ¡Un don! ¿Se puede sanar con música? Tal vez. ¡Wow! ¡No lo creo! Pero, ¿por qué no? ¡Vamos por la prueba de fuego! ¿Qué dirán Cacho y el grupo? A ver si se relajan un poco. La pandemia los tiene peleando entre sí.

Una notificación suena en el celular. Cuando abre el correo para enviar la canción a sus compañeros de curso encuentra un e-mail firmado por unos nombres que no conoce.

Miguel (Mello) de la Huerta:

Desde ayer estamos oyendo tu música. ¡Es increíble! Eres uno de nosotros, parte de la banda. No puedes negarte. Estás designado (ya te explicaremos). ¿Conoces a Cofraluz, banda intercontinental? Si no sabes, no importa (ya te explicaremos). Necesitamos hablar. Amamos tus armonías y tu contrapunto. Tenemos junta esta medianoche. No faltes, es urgente (entonces te explicaremos por qué).

Regine, Sol y Manuel.

PD: Va el enlace.

COFRALUZ

¡Qué emoción! Recién ha subido la canción a la red y ya lo invitan a una banda. Igual es raro. ¿Será verdad? ¿Suerte? A lo mejor son las dos cosas. Quizás sea una broma. Algo, dentro de él, le dice que es cierto. ¡Una banda! Su sueño. ¡Cuántas veces ha pensado en lo bueno que sería pertenecer a una! ¿Qué será una banda intercontinental? Continentes. ¿Tocarán en todo el mundo? ¡Wow! ¡Bacanísimo!

Mello se pasea de un lado al otro mientras lee y relee el mensaje, ahora en el celular. Le ha pasado que a veces lee algo y no entiende; quiere asegurarse antes de decidir. Por segunda vez en el día necesita el consejo de Inés. Baja de dos en dos los peldaños de la escalera. Se detiene en la puerta de la cocina y ve a su abuela enseñando a Federico de qué forma recortar la masa para unas galletas.

-Abu, ¿te puedo preguntar algo?

-¡Está ocu-pa-da! -dice Fede acentuando las sílabas, mientras mira a su hermano con desdén y muestra la masa que llena gran parte del mesón. Desde que es el único interesado en hornear con la abuela se siente superior.

-Así veo, enano. Pero también puede escuchar...

-Ya, pero corto... le estoy ayudando con estas galletas para que estén a tiempo -dice acomodándose un gorro blanco de chef.

Mello se guarda la risa y agradece la gentileza de su hermano.

-Mira, abu. Me llegó este mensaje -explica, mostrando a Inés el texto en el celular. Ella alcanza los anteojos que tiene sobre el mesón, se los pone y lee con interés. Esboza una sonrisa y mira a su nieto con orgullo.

-Lo sabía…

-¿Sabías qué? -pregunta Mello mirándola serio.

-Que tú recibirías el legado…

-¿Qué legado? ¿De qué hablas? ¿Qué tiene que ver con esto?

-Solo acepta. Luego comprenderás de qué se trata.

-Pero es raro…

-Así es y así te parecerá en un principio. Solo confía en mí. Reúnete con esos chicos. No me corresponde explicar más aquí -comenta Inés, haciendo un guiño a su nieto mayor-. Te autorizo a permanecer despierto solo por hoy. Pero antes, debo entregarte algo.

Federico pregunta de qué se trata y la abuela desvía la conversación hacia las galletas. Las mete al horno y le pide al pequeño que se quede a mirarlas a través de la puerta.

-Cuando estén doradas, corta el gas -dice.

-Perfecto, abu.

Mientras Federico adopta una posición de guardia frente a la ventanilla del horno, Mello y la abuela se escabullen a la mansarda.

XI

–¿**M**e explicas, Abu, eso del legado? –pregunta Mello apenas abren la puerta de la mansarda.

–Ahora va. Te contaré mi parte, nada más –dice Inés haciéndole un gesto a su nieto para que entre y se siente en los cojines que ahora tienen soles morados sobre un celeste claro–. Debes ir a esa reunión, es todo lo que te puedo decir. Por ello, y por lo que viene ahora, te haré entrega de un recuerdo de familia.

Mello respira con calma. Se siente bien. No percibe ningún pensamiento negativo. Es más, tiene ganas de reír. ¿Será por las luces tan suaves que emergen de las ventanas? ¿O la mansarda con su extraña decoración? ¿Tal vez el incienso? ¿Su abuela? Aún no llega la noche y parece que ha pasado un año desde que se levantó. ¡Han sucedido tantas cosas! Su madre, la pintura, su canción, el correo de los chicos. Los párpados le pesan, pero no quiere cerrar los ojos. Al final cede.

Sueña que toca su música en una banda. Es de noche. Las estrellas enmarcan el escenario al aire libre. El público canta con ellos. La familia está en primera fila. Las personas aplauden. No, los ovacionan. Al inclinarse en una reverencia se ve transportado a una isla. Puede ver a Antonio ahí, al fondo de una caverna rodeada de enredaderas. Ambos se miran. Su padre lo llama. Mello tiene miedo de cruzar un charco de sangre. La noche se vuelve día. El sol brilla y se refleja en el charco que ahora es agua. El miedo se acaba. Un viento tibio sopla sobre su cara.

Reacciona; es Inés que intenta despertarlo soplándole el rostro. De su mano cuelga una cadena. En su extremo, un medallón. No es una figura común. Se trata de un pentágono con varios símbolos en su interior.

-Póntelo ahora -dice Inés mirando con ternura a su nieto mayor. El chico obedece y de inmediato siente su efecto. Energía y seguridad.

-¡Abu! ¿Qué es esto? ¿Por qué late? Me siento... súper... súper bien, mejor que nunca... ¿Qué hiciste?

-Es el medallón. También es un metrónomo. Te servirá en la nueva banda -dice la mujer haciendo un guiño que activa aún más la curiosidad de Mello-. Es tuyo ahora, te protegerá. Mira el dorso. ¿Qué ves? -pregunta Inés, disfrutando de la cara de su nieto, que manipula el objeto como si fuese a explotar.

-Mmm... una C y una A, medio borradas...

-Se borran para llevar el nombre de su nuevo dueño. Cuando se sincronice, tu nombre estará grabado ahí.

Mello abre la boca por más tiempo del necesario. ¿Qué será eso de sincronizar? Solo alcanza a pensarlo cuando la abuela comienza a contar su historia.

La Cofradía de la Luz, también llamada Cofraluz, es una agrupación musical compuesta por jóvenes inte-grantes de distintos puntos del planeta, y el medallón es su símbolo. Una vez sincronizado con su dueño o dueña, puede advertir peligros y mentiras. Si se usa en la música es un excelente metrónomo. Debe llevarse colgado al cuello. Con un ambiente armónico, late al ritmo del corazón; de otra forma, anda a contrapunto, advirtiendo sobre el mal a quien lo porte. Es un elemento que solo los integrantes de Cofraluz pueden utilizar. No puede ser robado; siempre volverá a las manos de su dueño o dueña. Inés y su hermano Calixto pertenecieron a la Cofradía desde muy jóvenes. Ella tocaba el piano, él componía. Antes de morir, su hermano le pidió que estuviera atenta para descubrir a cuál de sus nietos debía traspasar el legado, ya que pasa generación por medio, y le hizo entrega de su medallón.

–Es importante que sepas algo. La Cofradía de la Luz es más que una banda de música; es un grupo de personas que sana y lucha contra el mal.

–Yaaaa… ¿onda poderes y eso? –pregunta con cinismo.

–No te rías. El poder de sanación de la música es infinito, pero solo algunos tienen el don. Aparentemente tú lo tienes.

–¿En serio? ¿Cómo sabes? –pregunta Mello, incorporándose al sentir el latido del medallón a contrapunto con su corazón.

–Yo lo intuía, ellos lo saben. Por eso te contactaron. ¿Has notado que te sientes mejor cuando haces música?

–Sí, pero es que me gusta demasiado componer y tocar y escuchar. ¡Qué le pasa a esta cosa! –exclama algo asustado con el pulso que siente en el pecho.

–No te preocupes, todavía no se ha sincronizado. Dale tiempo. Te pregunto otra vez, ¿te sientes bien cuando tocas o compones?

-Sip -responde el chico, quedando con la mirada perdida por algunos segundos. Luego, pasa sus dedos sobre el relieve del medallón. Percibe un círculo que encierra dos corazones enfrentados por la punta, los que forman una flor de cuatro pétalos. Por fuera del círculo, varias aves de color violeta vuelan en derredor. Una tormenta de preguntas da vueltas por su cabeza. No alcanza a decir nada, cuando su abuela termina la conversación.

-No se diga más. Ve a la reunión esta noche y luego hablamos.

★★★

Hace rato que Manuel y Regine están reunidos en el chat. Sol aún no se conecta.

-¿Te fijaste en la textura que incluyó Mello en la nueva versión de su canción? -pregunta ella, emocionada.

-¡Cómo no! ¡Está guay! Escucha -dice, subiendo el audio de la canción justo en la estrofa donde se notan las mejoras.

-¡Ajá! Te gusta su música… -dice Regine aplaudiendo.

-Me mola, no lo niego. Hoy comprobaremos que es él. ¿Y Sol?

-Ya viene. Aún faltan algunos minutos, no te pongas nervioso.

-¿Nervioso? Puntual, solo puntual -comenta el español, carraspeando después.

-No haré comentarios -dice la muchacha enarcando una ceja, a punto de la carcajada.

Sol entra sin saludar, asegurando que tiene un problema con un hacker. Que por primera vez se enfrenta a uno que "sí sabe". Habla a mil. Cree que tendrá que hacerse amiga de él. Sus ojos verdes parecen echar chispas y las pecas resaltan en el rosado de su rostro.

-Ya he entrado en sus sitios web y quizás, en vez de bloquearlo, pueda aprender algo nuevo -dice con sonrisa y la respiración entrecortada.

-Ya creía que no venías. ¡Mal queda!, pensé -exclama Manuel.

-Ay, tú y tus dichos. Ya sé lo que significa y no iba a faltar. Solo me estaba divirtiendo un poco antes de nuestra *meeting* seria. Además, aún queda tiempo -señala Sol-. ¡Miren, ahí viene!

Apenas lo dice se sonroja casi imperceptiblemente. Regine la observa y sonríe sin hacer comentarios.

La bienvenida se extiende por poco. Por la diferencia de horas, Manuel pide "ir al grano". Regine pregunta a Mello qué sabe de Cofraluz y él menciona la conversación con la abuela.

-Y, ¿qué pasa contigo? -pregunta Sol.

-Mmm... no te entiendo -responde el aludido.

-A ver -dice la chica entornando los ojos-. Cuando la Cofradía me contactó yo tenía un gran problema con mi tía abuela. A todos nos ha reunido un... dolor.

-Ah... -reflexiona Mello y, por un segundo, duda de hablar. Pero piensa en Inés, en sus consejos, y comienza a contar su historia-. Papá fue secuestrado hace un tiempo. No sabemos nada de él. Mamá contrajo el Mal de Umak.

Regine se tapa la boca, Sol lo mira con seriedad procesando la información y Manuel toma la palabra.

-Y, ¿por qué crees que secuestraron a tu padre?

-Ni idea... aunque he pensado que algo tiene que ver con un descubrimiento que hizo... no sé.

-Tengo la sospecha de que todo está relacionado -señala Manuel.

-¿Qué es todo? -pregunta Mello, ahora con seguridad.

-Es algo que está mal a nivel global -asegura Regine-. ¡Muy mal! O sea, mortalmente mal... pés...

-Ay, Regine, aclaremos. Mira Mello, la Cofradía tiene una isla...

-Ya... -dice el chico, un poco impaciente.

-No me interrumpas...

-Perdón... -se disculpa Mello y hace el gesto de cerrar la boca con un *zip*. Regine aguanta la risa y Manuel le hace un guiño.

-Como te decía. La Cofradía de la Luz tiene una isla -Sol continúa con el relato-. Es un espacio de sanación, ahí preparamos las misiones musicales. Supongo que tu abuela te lo explicó.

-Eh...

-No importa, ya comprenderás. Es todo lo mismo. Sucede que, de un tiempo a esta parte, el lugar está perdiendo energía. No sabemos por qué -cuenta Sol mirando a un punto fijo.

Mello puede sentir la tristeza de la mirada.

-La isla era luminosa, llena de vegetación y animalitos. ¡Preciosa! ¡Yo la amaba! El que llegaba ahí se sentía taaan, pero taaan bien. ¡Era espectacular! -agrega Regine

-Muy bien usado el verbo, guapa -dice Manuel-. Era. Pretérito. Pasado. Desde que la energía disminuye, el lugar se ha ido llenando de unas extrañas enredaderas y la pequeña isla de enfrente se acerca demasiado a la nuestra. Los ancianos dicen que esto solo pasó la última vez en que apareció la mujer...

-... la del Mal...

-¡Eres un fenómeno! -dice el español y Mello mira extrañado.

-Quiere decir que eres inteligente -explica Sol con una mueca y Regine ríe.

-Ahora sí, al grano -insiste Manuel-. Ya tienes al menos una idea de lo que es la Cofradía. Creemos que eres tú el que le falta a nuestro grupo. Necesitamos hacer una prueba para ver si de verdad encajas. ¿Te manejas con la improvisación?

-Claro...

-Sabemos que tocas muchos instrumentos, lo que está guay. Pero te necesitamos con el bajo. ¿Me sigues?

-Claro...

-¿Podrías buscar a un grupo de gente para que nos escuche tocar juntos en la red?

-Claro...

-¿No conoces otra palabra? -exclama Sol, impaciente.

-Claro... -responde Mello, y la chica se toma la cabeza con las manos. Él se da cuenta y lanza una frase completa-. Por supuesto. Antes de hablar con ustedes pensaba pasarle mi música a un grupo de amigos que está muy deprimido. No salir de casa ha sido aburrido.

¿Se entiende? –pregunta, mirando a Sol.

–¡Vale! Lo haremos el domingo. ¿Todos de acuerdo? Ahora, a dormir los que puedan, hay mucho que hacer. Después iremos a la isla.

–¿En serio? Yo no creo que pueda.

–Podrás –asegura Regine, sonriéndole.

–De verdad, no creo que me dejen. Ni siquiera me permiten dormir en la casa de mis compañeros de colegio –comenta Mello con tristeza.

–Regine está en lo cierto. Nos vemos el domingo a mediodía.

XII

Inés ha estado sonriendo desde que Mello inició la historia. Están en el santuario, a donde el chico llegó en pijama apenas minutos después de haber despertado. Sentado en el cojín que ya siente suyo y que otra vez ha cambiado de matices en sus lunas y soles, mira la expresión de su interlocutora. Le parece que su abuela está más entusiasmada que él con el proyecto. Sus ojos brillan con una intensidad que no había notado antes. La piel se ve ¿tersa? y la sonrisa... la sonrisa es in-cre-íble.

-Abu, ¿qué onda? ¿Por qué estás tan feliz?

-No es felicidad, es esperanza. Esta es tu misión. Estaba recordando las mías y el sabor del triunfo del amor no se compara con nada. Aún lo llevo adentro. Ahora es tu turno.

-¿Y si no puedo?

-No tengas dudas; la duda obstruye la realización.

-¿Cómo? ¡Tengo 14 años! ¡Obvio que tengo dudas!

-Entiendo -dice Inés acariciando la cabeza de Mello un segundo, para luego retirar la mano y apuntar a un retrato que él nunca había notado. En la fotografía ella está de pie, con la mano en el hombro de un chico. Ambos llevan camisetas y pantalones cortos. En el suelo, un acordeón.

Son muy jóvenes-. Mi hermano y yo. También tuve tu edad, aunque no lo creas. Tienes que despejar las dudas de tu cabeza; abren camino al miedo y el miedo paraliza. Confía en tus compañeros. Juntos son muy fuertes.

-Ya, pero no entiendo. ¿Por qué yo?

-Porque tu padre está cautivo de las fuerzas del mal. Solo puede salvarlo alguien de su sangre.

-No me hables de sangre, ¡por favor! -dice el chico, intentando evitar una arcada.

-En sentido figurado, Mello. Tú eres la persona indicada, por tu don con la música y porque eres su hijo. ¿Traes el medallón contigo?

-Claro…

-Míralo.

Mello lo examina; su latido parece más armónico que antes. Al darlo vuelta, descubre que en vez de las iniciales de su tío abuelo, el medallón está formando otras letras.

-¡Se borró la C! Hay… hay…

-Sí, es una M. Comienzan a aparecer tus iniciales. Todo tiene sentido.

Inés explica que Antonio ha descubierto los anticuerpos contra el hechizo que provoca el Mal de Umak que, encarnado en una mujer llamada Vanessa, busca apoderarse de la voluntad de los líderes del mundo. Si los contagia, será quien tenga el poder. A través de ellos, el planeta estará a sus pies, y las personas se habrán transformado en umakos, seres sin voluntad.

-Ahora entiendo por qué papá estaba tan contento… ¿cómo supo esa tipa rancia que lo había conseguido?

-No lo sé, Mello. Creo que la conciencia de los enfermos transmite información y Matilda está enferma.

-¡Claro! ¡Cómo no lo pensé antes! Es como la tecnología del cerebro, nada es privado.

-Exacto. En el bien y en el mal. Ahora, prepárate. Vas a iniciar un camino peligroso, pero es el mejor que te pudo tocar -dice Inés y aplaude un par de veces. Se detiene, abraza a su nieto y le sugiere que practique para el concierto de prueba.

-Pero Abu, no te conté que haríamos el concierto.

Inés sonríe.

***

Para sorpresa de Mello, la melodía que Cofraluz comienza a tocar ese domingo es la que él compuso días antes. Ahora entiende a su abuela. La felicidad de hacer música y compartir con el mundo sus dones es demasiado increíble. Sí, es mágico. Salvar a su madre y a su padre haciendo música. ¡No habría nada mejor! El cuadro de los asistentes online al concierto sube por segundo. Cuando terminan la improvisación, hay más de un millón de personas mirando: un sueño hecho realidad. Manuel presenta a los integrantes de la banda intercontinental Cofraluz y él siente que algo dentro le va a explotar, en buena. Pura felicidad.

-Oye, bro, ¿qué hicieron con esa música? -le pregunta Cacho, uno de sus compañeros de curso, por mensaje-. En serio estábamos mal. Los escuchamos y la vibra cambió.

-¡Bacán! Pura buena onda.

No dice nada más. Está seguro de que, si le dijera, se reiría de él. Además, la abuela le ha dicho que no hable de la Cofradía a menos que sea con otros integrantes. Cuando entra al chat, se da cuenta de que todos están tan entusiasmados con su inclusión como él. Suenan bien. No. Suenan increíble.

-¡Estoy tan, pero tan feliz! ¡Salió re bien! ¡Impecable! ¡Profundo! ¡Amo!

-Estáis en lo cierto, Líbano. Estuvo guay.

-No me digas Líbano, ¡me llamo Re-gi-ne!

-Anda, que es una broma. ¿Estamos contentos o no?

-...debemos practicar más, hubo un acorde que sonó...

-Claro, Sol tiene razón. También lo sentí. En la segunda frase de estribillo...

-Ese mismo. ¡Verdad que no eres solo una cara bonita!

-Uuuuh -dicen a coro Regine y Manuel.

Los aludidos se sonrojan y Mello intenta cambiar de tema, pero la música los une y la emoción es colectiva. Un par de horas más tarde, aún planifican cómo llevarán a cabo la importante misión que los reúne.

★★★

Mientras Federico juega con sus legos sentado en la alfombra, Inés, Pilar y Mello revisan el tarot. Intentan olvidar que no pueden hacer nada por Matilda ya que no tienen el antídoto o la banda en vivo para ella. Las cartas son un consuelo. Pilar aprende rápido y señala a su hermano las claves que ella ha descubierto, "claves para el éxito", dice. Inés sonríe complacida. Sobre la mesa, las galletas que el pequeño chef ayuda a hornear desaparecen con rapidez. Cuando extiende la mano para probar una, Mello aprieta el control del televisor en forma automática. Los tres levantan la cabeza al escuchar las palabras de la lectora de noticias.

… que por la tarde se ha registrado un fenómeno interesante en la red. Mucha gente ha estado escuchando la música de una nueva banda. Por la cantidad de visitas, se cree que podrían ingresar al Billboard durante esta semana. Cofraluz JR. es el nombre de la agrupación que nos recuerda….

La abuela y Pilar sonríen. Mello se obliga a cerrar la boca, abierta por la impresión.

-¿En serio? -pregunta, incrédulo, con la vista fija en la pantalla.

Su celular vibra. Se sonroja cuando ve el mensaje.

Necesito hablar contigo, te contacto en 6 minutos.

Mello sube a su habitación, se instala frente al computador y carraspea varias veces. Se arregla un mechón que cae sobre la frente y espera a que se abra el programa de chat. Su pierna derecha sube y baja mientras avanzan los minutos. Cuando por fin se abre la ventana surge una cara pecosa al otro lado de la pantalla.

-Lo primero es que lo haces bien. Esta es la única vez que me oirás decirlo, así es que disfrútalo... -confiesa Sol con seriedad.

Mello puede ver sus pecas resaltando en el rosado del rostro. Quiere sonreír, pero se controla.

-Ya. Y lo segundo, ¿qué vendría a ser? -pregunta intentando parecer sereno, aunque los colores que también le encienden el rostro acusan sus verdaderos sentimientos.

-Que debes tener más confianza en ti... ese error que cometiste en el compás…

-¿Cómo que yo cometí el error? ¡Ustedes se adelantaron! La composición es mía- responde subiendo la voz. Luego suspira.

-Mmm puede ser, pero si hubieras tenido más confianza en nosotros nos habrías seguido…

-Claro, ahora hay que equivocarse para estar bien. ¡Buena!

-Tienes razón… la verdad es que quería decirte lo de la confianza, pero en el rescate y la curación de tu mamá…

-¡Ay, señor! Pucha que son complicadas las mujeres.:. ¿De dónde sacas que me falta confianza? ¿Por qué no preguntas primero? En todo caso, creo que tienes razón -confiesa mirando directamente a la cámara.

-Perdona si me meto. ¿Te sugiero algo? ¿Cachai que podrías escuchar tu propia música?

-¿Cachai? -Mello lanza una carcajada.

-¿No dicen eso los chilenos? Tiene sentido, viene de catch... tomar…

-Ya, está bien. No me estaba burlando. Me pareció divertido que lo dijeras tú. Y sí, tienes razón... lo reconozco. Voy a escuchar lo que he compuesto a ver qué pasa.

Y la conversación siguió adelante por una hora más.

XIII

Los chicos estaban en lo cierto. Inés no cuestiona el viaje a la isla, solo pregunta la fecha y compra el boleto de avión hacia Buenos Aires. Desde ahí tomarán un transporte privado que los llevará hasta la isla secreta. Nada puede ser tan simple. Igual bien.

-¡Avión! ¡Abu! ¡Sabes que odio volar! Es lo mismo que con la sangre, simplemente no-lo-so-por-to. Guac… subir, sentir que estoy encerrado…

-A ver. Mello, el tiempo es nuestro mejor recurso cuando tenemos una misión. En bus no alcanzarás a los demás. La unión es fuerza. Solo no se puede hacer nada. ¿Me sigues? Además, el medallón te quitará el miedo. Lo de la sangre es otra cosa y por ahora no hay solución.

Si su abuela lo dice, confiará en ella. Una camioneta con una conductora amable y silenciosa lo lleva al aeropuerto. En el trayecto piensa en cómo cambia todo en poco tiempo. "Cambia, todo cambia", dice una canción que escucha Inés.

El viaje dura poco más de dos horas. El avión va casi vacío. Los pocos pasajeros conservan la distancia entre ellos, haciendo gestos de terror cuando alguno de los sobrecargos se acerca demasiado. Cualquiera podía estar infectado.

Antes de llegar, siente un movimiento en el estómago. ¿Y si todo esto fuera mentira? Pero no, Inés sabe de qué se trata. ¿Cómo serán los chicos en vivo? Se han vuelto cercanos a través de la pantalla, pero nada puede reemplazar el cara a cara. Eso, por lo menos, es lo que ha escuchado decir mil veces a sus padres, a los adultos, pero entiende que es cierto cuando piensa en Federico jugando con sus amigos en el jardín infantil. Y Sol… ¡Ay, Sol! Su imagen se acerca a él y suspira. Cuando se da cuenta, le da vergüenza. Mira a todos lados. "Nadie está cerca", se dice y ríe.

¿Qué sucederá cuando se encuentren? Es la primera vez que viaja solo y en las últimas instrucciones del grupo dicen que lo estarán esperando.

A la salida del aeropuerto no ve ningún cartel con su nombre. Una ola de pánico lo golpea, pero el medallón late y esa sensación de estar con algo vivo lo tranquiliza. A los pocos instantes, un pequeño bus se detiene frente a él. Las ventanas pintadas impiden ver quién o quiénes están adentro. Se sobresalta ante la inmovilidad del transporte. Permanece de pie. La curiosidad lo obliga a esperar. No será él quien se mueva. Cuando al fin la puerta se abre ve una cara conocida al volante. ¡Es Manuel! ¡Están ahí! ¡Es cierto, están ahí!

-¡Pero Manu! ¡No me digas que puedes conducir! -exclama con una semi sonrisa intentando cubrir un poco más con la mirada, pero no alcanza a ver a nadie más.

-Hombre, eres un tipo inteligente… ¿no ves que lo estoy haciendo? -señala el volante a la vez que sonríe con un gesto de suficiencia.

-Pero, ¡tienes 16 años! -insiste Mello.

-Error, 17 recién cumplidos y mi licencia lo acredita. Anda, sube ya, que debemos llegar a tiempo -lo anima.

A Mello le parece menor que a través de la pantalla. Además, se ve más pequeño de cómo lo imaginó. Como líder de la banda tenía que ser un tipo muy alto, imponente. Prejuicios. Igual le parece que lo conoce desde siempre. Su broma cálida y la naturalidad en el trato lo hacen cercano.

Sol y Regine se asoman al mismo tiempo, haciendo una seña para que suba. Mello da un salto involuntario al descubrirlas; sus mejillas toman un tono rojizo y las orejas le arden. "Definitivamente son preciosas", se dice. Especialmente Sol. Apura el paso, pero al hacerlo tropieza con el último peldaño, y si no es porque Sol lo toma del brazo habría rodado por los escalones con mochila y todo.

-Gracias -dice Mello, soltando la mano de la chica con rapidez.

-No hay por qué. ¡Pon tu mochila en uno de los canastillos superiores y siéntate de una vez!

Miguel se inclina y está a punto de sentarse a su lado. La mirada de Sol lo fulmina. Las chicas se han apropiado de una corrida de asientos cada una y comienzan a acomodarse con almohadas y mantas. Opta por ocupar la fila de más atrás. Apenas lo consigue, Manu le hace un guiño y arranca. Mello siente un hielo repentino en todo el cuerpo. Se levanta, saca una manta del compartimento superior, una almohada y se abrocha el cinturón. Al minuto siguiente una modorra incontenible se apodera de él, y apenas logra acomodarse cuando ya está dormido.

Sueña con una música perfecta, una mezcla de sonidos celtas y notas desconocidas. Las aves de color violeta, de visiones anteriores, revolotean sobre su cabeza y vuelan hasta su casa, envolviéndola. Se convierten en flores y pintan a los integrantes de su hogar con pétalos del mismo color. "Todo estará bien, Mello. Todo estará bien", dice aquella voz interna una vez más.

Un roce de mosquito le altera el sueño. Alza una mano para espantarlo, pero el mosquito insiste. Otro movimiento y despierta. A su lado ve una cara sonriente llena de pecas, con una pluma violeta, haciéndole cosquillas.

-Estamos a punto de llegar, Mello, y te gustará ver el arribo -escucha decir a Sol en un susurro.

Mira por la ventana restregándose los ojos. Lo que ve parece irreal, parte del sueño que acaba de tener. El bus traquetea por el borde costero de una playa solitaria, con arena limpia, impoluta, como si jamás la hubiese visitado alguien, salvo las pequeñas olas de tonos esmeralda que la bañan con suavidad. ¡Un lugar in-cre-íble! Le cuesta cerrar la boca. Cientos de pequeños delfines saltan sobre las olas, moviendo la cabeza, saludando y riendo. El nado y la sincronización forman un espectáculo único. No puede despegar la vista. Siente el pecho tibio y los ojos se le humedecen.

-Hermoso, ¿verdad? -escucha decir a Manuel que acaba de estacionar al borde de la playa-. Ellos están conectados por sonidos y sentimientos. Son capaces de encontrarse en cualquier parte del mundo, de reconocerse, y se mueven como uno solo gracias a las altas vibraciones. Serán nuestro transporte hacia la isla que está más allá de esas rocas -explica, señalando un lugar que recién se advierte en el horizonte-. Ahí está Cofraluz.

Mello no sabe cuánto han viajado ni en qué dirección lo han hecho. La verdad es que a esas alturas no importa, aunque sus músculos indican que han sido varias horas. Le parece curioso que la luz no varíe. Sospecha que ha pasado mucho desde que subiera al bus.

Al bajar los chicos se estiran y se acercan con rapidez a la playa. Mello mira a los delfines buscando el contacto. Sonríe involuntariamente. "¡Es como una película!", piensa. Está a punto de sacar su celular para hacer una foto, pero la mirada de Regine le dice que no es buena idea.

–Vamos a entrar todos juntos –ordena–. Mello, tienes que usar un traje de buzo y ponerte antiparras. Encontrarás ambas cosas bajo el asiento que ocupaste. Ve ahora, ya. ¡Hala! En tres minutos tendremos que salir.

Mello obedece las instrucciones sin chistar, aunque por dentro tiembla. Nunca ha nadado mar adentro después de la vez que, siendo él muy pequeño, una ola lo arrastrara algunos metros. Tampoco ha usado antes un traje de buzo. Pero ya está ahí, tiene que sobreponerse. Si pudo con el vuelo, también podrá con el nado. Toma los implementos y entra al baño del transporte que, extrañamente, es mucho más grande de lo que aparenta. Mientras se viste, escucha una voz masculina entonando una melodía similar a la de su sueño. Luego Sol y Regine se suman al concierto, logrando una armonía irresistible. ¡Qué buena música! Su medallón late y él eleva su voz para integrar el coro. Poco más tarde los cuatro terminan cantando todos juntos en la arena.

–Es tiempo, Mello –dice Manu mientras las chicas guardan silencio–. Es importante que sigas las instrucciones.

A la cuenta de tres, entramos todos al agua y nadamos hasta la primera roca que ves ahí, en diagonal a la isla, al costado izquierdo. Serán cinco minutos exactos de esfuerzo para alcanzar a tu delfín. Te va a estar esperando, pero solo se presentará si percibe tu confianza. Como te comentaba, estamos conectados y las energías negativas les afectan tanto como a nosotros. Si te gana el miedo, por cualquier razón, te hundirás, no podrá rescatarte y todo habrá terminado. Tendrás que volver y no entrarás en la isla. Si confías en él, la vibración de ambos será una y pronto estarás con nosotros en Cofraluz. Creemos que lo puedes conseguir.

Mello asiente levemente, pero el temblor de su cuerpo está a punto de traicionarlo. Recuerda a Inés, inhala todo el aire que puede y comienza a soltarlo de a poco, relaja los músculos y se dice que está listo. Tiene que conseguirlo.

-Nada con los ojos cerrados y siente mis movimientos -susurra Sol-, así puedes evitar las sombras. Yo iré delante de ti, tarareando. No pienses nada más que en la música. ¡Hazme caso! -insiste y su mirada segura es un motor para Mello. Su propio pensamiento, un traidor mala onda.

Todo ha sido perfecto hasta ahora. ¿Qué se podría interponer en medio del mar? ¿Tiburones, acaso? Manu hace la cuenta y se lanzan a bracear con fuerza. Al fondo, cerca de las rocas, de tanto en tanto, sale a la superficie una decena de delfines. El espectáculo es hermoso y re-sulta inevitable nadar con la vista fija en ellos.

Una sombra se posa frente a sus ojos, impidiéndole ver por dónde va. Algo denso se enreda en sus piernas. Lo atrapa; lo jala hacia el fondo. El pavor se apodera de su cuerpo y de su mente. Ve a su madre, las telas horrorosas que había estado pintando el último tiempo y la mirada vacía. La tristeza convertida en plomo le impide avanzar. "¡Papá! ¿Lo habrán torturado?", se pregunta. Sí. Eso hacen los secuestradores. Sangre. Armas. Se escucha gimiendo, pero no puede evitarlo. Sus extremidades se congelan y pesan cada vez más. Se hunde, sin fuerzas. Morirá ahogado, lejos de su hogar, de su familia. Y cómo extraña a su abuela. A Pilar. A Federico. ¿Qué habría estado pensando cuando decidió venir a esta maldita prueba? ¿A quién se le ocurriría integrar una banda intercontinental? "¡Soy un estúpido! Esto es absurdo, imposible", se dice. El agua salada entra por la boca, hiere la garganta y sale por la nariz. Tose. Un dolor en el pecho le impide dar una nueva brazada. Tiembla acosado por sus pensamientos oscuros y una niebla que anuncia el fin. Cierra los ojos. No queda más que abandonarse.

De pronto escucha el tarareo de Sol; piensa en su cara sonriente, en su voz. ¡Está cantando para él! ¡Se lo había anticipado, debía seguir su melodía! Siente su corazón latir después de un siglo. ¡Cómo los une la música! ¡Qué bacán había sido cantar con el grupo! ¡Cuánto ansía conocer la isla! Sus brazos y piernas comienzan a perder peso; los ojos distinguen los movimientos armónicos de Sol a pocos metros de distancia. ¡Puede alcanzarla! Concentra su voluntad en conseguirlo y flota sin problemas. Una chispa color violeta ilumina el espacio y el nuevo amigo tan esperado aparece frente a él. El hermoso delfín lo besa en la nariz, chasquea, silba y le ofrece su aleta como guía. Mello lo abraza con gentileza, expresa su gratitud en silencio y se deja llevar hasta la playa. A los pocos minutos, los cuatro se reúnen.

Mello agradece a Sol públicamente por salvarlo y la estadounidense tiene el primer aplauso de la jornada. El segundo es para él por haberlo conseguido.

-No puedes olvidar lo que acaba de suceder. La mente y el cuerpo son uno solo -le explica Manuel-. ¿Tienes preguntas?

-¿Cómo se las arreglan ustedes para llegar hasta sus delfines? Yo tenía a Sol en frente pero, ¿y si van adelante? ¿Por qué aparece la niebla? -se apura en preguntar.

-Nuestros medallones están latiendo y eso nos guía. El tuyo tiene que sincronizarse totalmente en la isla. Ya te lo explicará Manu -señala Regine, mientras levanta ambos pulgares.

-Sucede porque aún eres adicto a la melancolía, igual que todos en un comienzo, y las sombras te atacan con facilidad. Ya lo entenderás. Te repito, mente y cuerpo son uno solo -insiste Manu-. Una vez que logras derrotar al miedo con la mente, el cuerpo recuerda lo que debe hacer y las sombras no pueden seguirte. ¿Algo más?

-¿Por qué la arena es color violeta? Pensé que era solo el nombre de la isla.

-No sabemos cómo se formó esta isla. Cofraluz siempre ha tenido aquí su base porque el color violeta transmuta todo lo negativo en positivo -responde con seguridad y sonríe-. La mala vibra hace una capa en la atmósfera. Cuando llegamos aquí, a través de la música y del color de la isla nos limpiamos para volver a nuestras ciudades; así podemos mejorar nuestro entorno. Eso es parte de la formación que recibieron los primeros que llegaron aquí. Antes. Ahora, ya sabes, la cosa está más difícil.

-Claro, he oído hablar a mi abuela de eso, pero pensé que eran cuentos para que yo fuera "positivo y simpático" -dice Mello dibujando en el aire las comillas con los dedos

-Todos pensamos lo mismo alguna vez -señala Manu mirando a las chicas que alzan los hombros al mismo tiempo-; no lo son. ¿Viste lo que pasó cuando te atrapó la niebla y perdiste la confianza? Llenaste tu cabeza de pensamientos negros y casi te perdemos, pero Sol nos advirtió que esto podría pasar por lo que sucede con tu madre.

-¿Cómo sabes qué está sucediendo con mi madre? Ni yo lo sé, ni los doctores -pregunta intentando descubrir en la cara de Sol algo que explique lo que dice Manu.

-Mi tía fue la mejor amiga de tu mamá en el colegio. Supongo que sabías que estudió sus primeros años en Sydney -comenta Sol sin rastro de ironía.

Mello reflexiona un segundo. ¡Sol sabe más de su madre que él! Recuerda algunas anécdotas, bromas de su padre cuando la llamaba "la gringa", pero no conoce detalles.

-Claro, pero nunca me habló de sus amigas. En realidad, nunca me habló de su infancia.

-Probablemente lo hizo, pero no puedes recordarlo; fue una etapa anterior a su enfermedad y eso te ha marcado. Mi tía murió, pero siempre sueño con ella. Me muestra algunas imágenes, y he visto que tu madre está envuelta en niebla.

-¡Oh!, lo siento -dice y Sol agradece con una sonrisa-. Ahora entiendo eso de la niebla. Hace un par de meses que no parece mamá.

-Bueno -interrumpe Manuel-, ella es parte de nuestra misión. Debemos dirigirnos a la casona; es necesario alejarnos de la influencia del islote negro -agrega señalando el apéndice que se eleva cerca de la costa.

En medio de la bruma, Mello distingue el castillo que pinta Matilda cada día y se le pone la piel de gallina.

-Hay que ponerse en marcha. La bruma se extiende rápido -comenta, tomando por primera vez el mando.

XIV

La casona de la cofradía se recorta contra el cielo sobre el único cerro de la isla. En el camino de los chicos se interpone la sombra de algunos umakos que pululan por el sector. Dirigido por los medallones sincronizados, el grupo logra evitarlos y llegar hasta el "cuartel Cofraluz", como lo llama Regine. Mello siente cómo su corazón galopa en el pecho. La imagen de Sol tarareando y el presente feliz lo hacen sonreír.

-Os recuerdo que debéis conectaros con lo mejor de nuestra casa y de la isla. Aquí estamos seguros. Olvidaos de lo que sucede afuera -aconseja Manu sin sospechar que todo está a punto de cambiar.

Apenas entran a la sala principal, Manu, Regine y Sol no pueden evitar un grito de espanto.

-¡No! ¡Noo! ¡Nooooo! -se escucha y el eco rebota en las paredes.

El recinto tiembla. Mello no entiende qué sucede, hasta que uno de ellos activa el interruptor de la luz. El gran comedor tiene sillas y mesas destrozadas. La pintura descascarada muestra daño en los muros. El estante que contiene los "1089 libros de la sabiduría de Cofraluz" está infestado de telarañas.

Mello retrocede y choca de espaldas con una estatua de su tamaño.

-¡Qué mier...! -alcanza a exclamar antes de que Sol le tape la boca y lo empuje lejos de la escultura.

-¡Cuidado! ¡Es uno de nuestros Silentes!

-¿Silentes? Sea lo que sea, ¡está congelado! ¿Qué onda? -pregunta con un hilo de voz.

-No, Mello. Ellos nos atienden -explica Regine con suavidad mirando al ser inmóvil y acariciando una de sus manos.

-¿Así como esclavos? -pregunta haciendo una mueca de incredulidad.

-¡No, Mello! ¿Cómo se te ocurre? Lo hacen por amor. Tienen poderes especiales. Llevan turbantes para limitar la fuerza de sus pensamientos. ¡Son súper hiper mega pensantes! ¡Los amo! -exclama Regine con los ojos llenos de lágrimas-. El turbante los ayuda a meditar y no volverse locos. ¡Son geniales! Mira su expresión; son pura simpatía y bondad. ¡Muero si no se recuperan! ¡Manu! ¿Qué hacemos?

-Acercaos. Esto es peor de lo que pensábamos -dice Manu-. Si los Silentes fueron congelados y hasta los pájaros azules tienen miedo, es necesario rehacer el plan.

El grupo escucha un pequeño quejido y un ave cae sobre la mochila de Sol. Aún respira, pero sus plumas parecen inmóviles. Mello lo toma con cuidado, lo pone en su palma y canta suavemente. Con la otra mano hace una especie de nido, dándole calor. Los demás se suman al canto.

-¡Se está moviendo! ¡Y los otros también! ¡Escuchen! ¡Ay, qué lindo! ¡Súper lindo! -exclama Regine al ver a la pequeña bandada recuperar el movimiento-. ¡Y miren cómo brillan las alas de nuevo! ¡Nuestra música es lo más! ¡Uy, amo!

Sol y Mello sonríen, Manu entorna los ojos y va al estante de libros. Con su linterna alumbra cada una de las secciones. La luz central se debilita.

-¿Qué buscas? ¿Te puedo ayudar? Soy bueno en eso -dice Mello dejando el pajarito en las manos de Sol y dirigiéndose al sector de los libros-. Papá siempre decía que yo... siempre dice que soy como un imán- rectifica.

-¡Anda! Ven y busca el tomo dos de Cómo combatir a la Hermandad, escrito por tu tío abuelo Calixto.

La cara del hermano de su abuela en el santuario se instala en su mente y en silencio comienza a buscar. La mente funciona a la velocidad del rayo. Aún es un puzle que no puede completar. Sabe que hay una profunda conexión, algo familiar. ¿Dónde estará ese libro? Apenas se lo pregunta, el texto aparece frente a él.

-¡Aquí está el número uno! -dice sacando el libro del estante-. Por lógica, el otro debe estar cerca. ¡No! ¿Qué onda? -exclama cuando el tomo se desintegra en sus manos.

-Esto es grave, muy grave. Necesitamos urgente la ayuda de Calixto -murmura Regine. Abrazándose sola, camina una y otra vez por la gran sala mientras la oscuridad avanza.

-¡Hagamos un fuego! De paso, nos preparamos para dormir -replica Sol comenzando a recolectar las patas de las sillas rotas.

Mello no entiende la relación, pero también busca madera y papel. Las chimeneas encendidas son siempre reconfortantes y eso de preguntar todo no le gusta. No quiere parecer un ignorante.

Manu y Regine empujan los antiguos sofás en buenas condiciones, logrando una cama para los cuatro. Sol extrae un encendedor y un cerro de papel de su mochila.

-¡Wow! ¡Venías preparada! ¡Qué buena, Sol! ¡Eres máxima! -exclama Mello con sinceridad.

Sol lo mira y se da vuelta ocultando la sonrisa. Los otros dos dicen "uhhh" a coro avergonzando al par, que no vuelve a mirarse de frente en un buen rato.

★★★

Las caras se ven extrañas con las llamas. Luz y sombra. Eso piensa Mello cuando el fuego está encendido y sus tres nuevos amigos se meten en los sacos de dormir sobre los sillones. Tiene miedo o nervios, no sabe muy bien. Una mezcla de sentimientos que, lejos de ser mala, le gusta.

-¡Hay que hablar con Calixto ahora! Podemos hacer algo por nuestra cuenta, pero su guía es fundamental para la misión -dice Sol mirando otra vez a Mello.

-¿Y cómo podemos hacer eso si él está…?

-Muerto, hombre. Dilo. Muerto. La muerte es un paso. No hay que temerle.

-Cierto, eso es tan ¡occidental! -agrega Regine y Sol ahoga una carcajada.

-¡Pero si somos occidentales! Bueno, salvo tú, Reg -responde Mello y los demás ríen abiertamente-. Además, no se me ocurre cómo convocar a alguien que ya no está… ¿tendría que llamarlo?

-¡Qué comes, hombre! Eso, tres veces. Antes, debéis pincharos un dedo -asegura Manu sacando una aguja de su propia mochila-. Pondrás una gota de sangre en el fuego cada vez que digas su nombre.

-Dime que es mentira -pide Mello pálido, al borde del desmayo.

-Para nada. Eres el único que lo puede convocar: lleváis su sangre. Eres el líder de esta misión -explica Manu con una seriedad que no admite dudas.

-Y antes, ¿cómo lo hacían? -pregunta intentando recuperarse de un vahído.

-Inés era la encargada.

-¡Mi abu! ¿Pero cómo? Si ella nunca ha salido de casa, que yo recuerde.

-Quizás no te dabas cuenta porque eras pequeño, pero tu Abu, como le dices, ha estado dirigiendo la Cofradía desde hace mucho tiempo. Las veces que salía a tomar el té con las amigas se reunía con nuestros abuelos, luego con nuestros padres. Una vez se reunió con nosotros -explica Regine.

El chico queda pensativo. ¿Cómo podía ser posible que él no supiera nada sobre las actividades de la abuela? Lo mismo que con su madre. ¿Por qué los adultos ocultan las cosas? En fin. Respira profundamente. Siente que el corazón palpita más rápido que nunca, pero descubre que es el medallón. Algo sucede que genera una chispa en él. Lo siente.

-Se está sincronizando -explica Manu al ver su expresión. Él y las chicas se miran. Hay una esperanza en el aire.

Sol toma su mochila, saca alcohol y un algodón. Limpia el dedo del corazón de Mello y le pide que se concentre en los pájaros azules. La bandada lo mira a su vez y uno de ellos pía. En ese instante, Sol inserta la aguja con rapidez y la sangre comienza a fluir. Sintiendo calor en el dedo, Mello se acerca a la chimenea y aprieta tres veces diciendo el nombre de su tío abuelo. Tambaleando vuelve al lado de Sol, que le hace un gesto de bienvenida palpando el sofá con la mano.

Cuando Calixto aparece a modo de holograma, se refleja en el gran espejo resquebrajado del salón. Mello se levanta y va hasta la imagen. Le tiemblan las piernas. La figura parece viva.

-Mi querido nieto, por fin puedo hablarte… hola, chicos; tanto tiempo sin verlos -saluda, dejando a Mello sin respiración.

-¡Hola, Maestro! -responden los otros tres al mismo tiempo.

Mello intenta acallar sus pensamientos mientras oye la voz del fantasma de su tío hablando sobre los obstáculos que deberá sortear hasta llegar a su padre.

-Desde ahora pasas a ser el líder de esta misión -explica el anciano a Mello, que sigue en silencio y con la boca abierta.

-¡Ya se lo dije, Maestro! -aclara Manu.

-¡Muy bien, sigues adelantándote! -dice sonriendo Calixto-. ¡Me gusta eso, Manuel! Ahora, Mello… -continúa dirigiéndose a él-, para llegar hasta Antonio tendrás que superar tres obstáculos. El primero es…

Un golpe enorme en la ventana los hace dar un salto. Los que están en el sofá se levantan y corren hasta ahí. El holograma desaparece y Mello comprende lo sucedido al asomarse al jardín.

XV

–¡Qué asco! ¡Es inmenso! –exclama Mello haciendo una mueca con la boca–. ¡Y sus ojos! ¡Siguen mirándonos como con rabia, pero no se mueve! El golpe lo debe haber atontado.

–No parece un murciélago común, debe ser uno de los inoculados por Vanessa y sus malditos experimentos. Tienes razón, es un asco, con el perdón de los animalitos. ¡Amo a los animales! ¡Son lo mejor! Todos... bueno, casi todos –dice Regine.

–Yo también, los amo al natural; ese bicho está intervenido. Debe ser mascota de umakos. ¿O me equivoco? –plantea Sol y mira a sus amigos uno por uno.

–No me preocupa lo que sea, solo me achaca que el tío Calixto haya desaparecido. Yo no lo conocí. Me gustó hablar con él.

–Puedes conjurarlo otra vez –sugiere Manu.

Mello no responde. El tema de la sangre parece superado con el medallón. Bueno, en realidad ni tanto. Pero va a ser el líder. Tiene que abandonar el temor. Necesita alternativas. Si hay que pincharse el dedo, lo hará otra vez. Mal. ¡Oh, tanta cosa rara! A veces llega a pensar que está en medio de una pesadilla. Cierra los ojos y los vuelve a abrir. No hay caso. Es verdad. Pide la aguja, pero mientras pregunta a los demás si sospechan de qué se trata la información, el pinchazo no resulta necesario. La conexión ya está hecha.

-De seguro nos va a advertir sobre algo, probablemente de los guardianes del castillo -intuye Sol.

-¡Exacto, niña mía! ¡Nunca me decepcionas! -dice la voz de Calixto extendida por la sala-; los intervenidos son capaces de leer los labios y escuchar hasta los ruidos más pequeños. Chicos, les transmitiré el plan de otra forma. Vuelvan a sus lugares, tomen sus manos y escuchen.

Los cuatro se dirigen a los sacos de dormir. Ante la posibilidad de tomar la mano de Sol, Mello comienza a transpirar. Se resiste por unos segundos, pero es ella quien toma la suya y le susurra que cierre los ojos. Esa es otra de las cosas que le gustan. Siempre sabe qué tono usar, qué hacer.

"Como dijo mi querida Sol, tendrán que enfrentar a tres guardianes. El primero es una mantícora. Deberán vencerla los cuatro. Sin colaboración no pasarán. Cada uno debe tener un rol en el enfrentamiento". Mello se está preguntando qué será una mantícora cuando Calixto continúa. "Una mantícora, Mello querido, es un ser mitológico que cobra vida para oprimir al mundo por medio del mal. Tiene cabeza de hombre-león, alas de murciélago y cola de escorpión. El murciélago gigante que acaba de golpear el vidrio de Cofraluz debe ser una mantícora que no llegó a convertirse. Por suerte para ustedes.

Si logran avanzar, el segundo guardián les dará un número. Las chicas deberán resolver qué significa esa cifra. Sin ella, no podrán cruzar el puente hacia el castillo. Recuerden, solo Sol y Regine.

El último escollo es un guardián de hierro. Mello es el único que puede enfrentarlo. Ahora, duerman. Mañana tendrán que trabajar todo el día en el plan para llegar al islote antes de que este acorte el puente y se adose a Cofraluz. Si eso sucede, todo estará perdido. Queda un día para la luna llena. Es decir, pasado mañana es la misión. Descansen. Buenas noches".

Ninguno alcanza a responder. Una calidez repentina los induce al descanso.

Mello sueña con Matilda y Antonio. Van de la mano por un parque. Lo miran y se despiden de él. Intenta alcanzarlos, pero no puede avanzar. Se mira y descubre que está sin pantalones. Sus padres se ríen a gritos. Sus carcajadas rebotan en la cabeza. Despierta sin saber dónde está. Tiene taquicardia. A pocos centímetros ve el perfil de Sol. Es linda. Sonríe. Acaricia el medallón y pronto vuelve a dormir.

Al día siguiente, los chicos despiertan con pocos segundos de diferencia entre ellos. A plena luz, el desastre del salón es aún más triste. Las telas de araña de la biblioteca parecen más gruesas, algunos libros han comenzado a deshacerse sin haberlos tocado y la manada de pájaros azules ya no está. Mello descubre asombrado el tamaño y los detalles del salón.

-¡Uf! Cómo me gustaría ver esta casa en todo su esplendor. ¡Qué lindas esas vigas! A mi mamá le encantarían...

-Confía, hombre, ya la verás. Cuando triunfemos en la misión todo se habrá recuperado.

–¡La vas a amar, es requete linda! ¡Maravillosa! ¡Espectacular! Fíjate que ahí, donde ves a ese Silente, nos sentábamos nosotros. ¿Chicos, por qué no se la mostramos ahora? –pregunta Regine mirando a los otros dos que sonríen indecisos–. Ya, ¡vamos! ¡Los tres podemos! ¿Qué les cuesta? Será solo un rato. Tenemos todo el día para el plan ¡Chicos, no sean así! ¡Será un momento!

–¡Hala, vamos! ¡Esta niña, mi Dios! Mello, con el tiempo comprenderás que a estas dos, cuando se les mete algo entre ceja y ceja, no hay cómo calmarlas hasta que lo consiguen. ¡Son de una porfía!

–¿Estás dos? ¡Dos es mucha gente, Manu! Y eso se llama perseverancia, no porfía –comenta Sol haciéndose la ofendida, a la vez que hace un guiño a Regine.

–¡Está bien! Chicas, soy feliz si me muestran la casona, pero no sé si me entusiasma en estas condiciones. Quizás me gustará más cuando terminemos la misión. No es por nada…

–¿Listos? –pregunta Regine, ignorando el comentario de Mello. Con rapidez, le da un mano y extiende la otra hacia Manu, que a su vez toma la de Sol. Mello se encuentra otra vez entre ambas chicas.

–Cierra los ojos con nosotros y sigue la melodía –ordena la libanesa, antes de empezar a cantar, y luego se le suman Manu y Sol.

Mello agrega una segunda voz. Cuando la melodía llena la sala, surgen las imágenes brillando en su mente.

Las vigas que tanto le llamaron la atención están en perfectas condiciones. La madera, uno de los materiales más cálidos y moldeables de la naturaleza, aprovechado por siglos, destaca en la sala. Alguien lo pensó cientos de años antes y su recuerdo creativo crece en la imagen que Mello está viendo ahora. En cada pilar ha sido tallado el medallón que llevan al cuello: un trébol, sus aves y el círculo que los une. Más arriba, un par de pequeños pájaros azules entona música natural para los comensales. En el centro de la sala, un árbol añoso atraviesa el techo y sus hojas bajas se mezclan con la enredadera principal, que crece al revés.

Mello mira en su cabeza hacia el fondo del comedor. Los Silentes están reunidos en torno a una mesa redonda y pequeña. Lo sabe por sus túnicas color violeta y turbantes del mismo color. Nadie habla. Se miran unos a otros sonriendo y luego cierran los ojos. Al hacerlo, aparecen nuevos platos y exquisiteces en todas las mesas. Pasteles de chocolate, jugos de fruta, leche de almendra, agua de coco.

-¿Seguimos el viaje? -pregunta la voz de Regine en sus cabezas.

Mello siente presión en los dedos y afirma devolviendo el gesto. Salen del salón y recorren los dormitorios. Las camas se ven cómodas y en cada habitación hay un par de aves azules cantando. Caminan por un sendero de enredaderas, arbustos perennes y tréboles rojos hasta llegar a la playa. Ahí, en medio de un roquerío, se alza la batería de Manu, indicando el lugar donde debería ensayar la banda.

En el camino, el grupo de ancianos sale de la casa para recorrer la isla, Calixto entre ellos. Mello puede verlo en carne y hueso. El pelo y la barba blancos indican el paso del tiempo, pero su cuerpo, ágil y flexible, no muestra edad. El tío abuelo le hace un gesto. Mello lo sigue.

Si te parece, podríamos dar una vuelta en bote por la bahía. Quiero hablarte de algunas cosas.

Él asiente y se acerca. Aparece una embarcación para dos personas, mezcla de kayak y barco vikingo, con mascarones en la proa y en la popa. A diferencia de los suecos, lleva un delfín a cada lado, cuatro remos y una vela. Calixto sube de un salto. Él pierde el equilibro, pero logra abordar la nave. Se alejan de la isla.

Mira a tu alrededor, Mello, ¿qué ves?

Mmm, la isla, su halo violeta, los delfines.

Y más allá, ¿qué hay?

Bueno, los chicos de la Cofradía.

Bien. ¿Y qué es la Cofradía para ti?

Amigos, música, un mundo in-creí-ble.

Exacto. Vives un momento intenso de comunión y amistad que debes atesorar. Este no será el primer viaje que realices a la isla, pero pasará un tiempo en el cual ni siquiera la podrás recordar. Debes mantener el sentimiento que consigues ahora en tu vida diaria conectando el medallón contigo y con la Cofradía. La unión lo es todo, y esos chicos se jugarán la vida por las misiones que tu ingreso ha implicado. ¿Lo entiendes? Y otra cosa, cree. No te ilusiones, cree sinceramente. Creas lo que crees.

Gracias, abuelo. Tu conocimiento me está cambiando la vida.

No estoy de acuerdo. Tú la estás cambiando, Mello. Yo solo soy una herramienta más. Creo que está todo claro, por lo tanto, ¡a remar se ha dicho!

-¿Podrías soltarme la mano, súper líder?

La voz de Sol trae a Mello de vuelta al presente.

-¡Perdón! Es que Calixto... -comienza a balbucear con el rostro ardiendo una vez más.

-Jajaja, se le ha ido la castaña.

-¿Qué cosa, Manu?

-Es otra de sus expresiones -aclara Regine-; significa que te despistaste. ¿Te gustó el paseo por Cofraluz?

Él asiente y escucha. Ninguno de los otros habla de Calixto. Comprende que el encuentro con el anciano ha sido solo personal. Después de comentar lo que vio en el paseo, decide empezar a trazar el plan antes de que avance el día, así podrán descansar y ponerse en marcha cuanto antes. Tal vez la noche sea propicia para ello.

XVI

Un grito de Pilar despierta a toda la casa. Federico corre hasta la habitación de su hermana llevando a Zapatilla en los brazos, se sube a la cama y la mira con curiosidad.

-¿Qué pasó? Él dijo que podía salvarte de la bruja -asegura, mostrando al sapo de peluche.

Pilar sonríe en el momento en que entra Inés, alertada por el ruido.

-¿Está todo bien? ¿Tú gritaste o fue mi imaginación?

-Gueli, ella peleaba con una señora de negro, por eso le dio susto.

-¿Cómo sabes eso, Fede? -pregunta Pilar con gesto incrédulo.

-Él me lo dijo -aclara apuntando al peluche-. Se quiere quedar contigo para cuidarte -explica, besa a las dos mujeres, deja a Zapatilla y se devuelve a su cama.

Inés se acerca a la puerta y la cierra con pestillo. No quiere que el pequeño escuche lo que tiene que decir.

-También viste a Mello, ¿verdad?

Pilar respira con dificultad y un par de lágrimas se escapa de sus ojos.

-Ay, abuela, sí. Lo vi lleno de sangre. Apenas caminaba y la mujer de negro se reía. Yo no podía acercarme, ella tenía poderes. Estuvo a punto de alcanzarme. Tengo miedo por todo lo que está pasando -logra decir de una vez hasta que se le acaba el aire.

-Los tiene, Pilar, pero jamás podrá aplastar un buen corazón. Confiemos en la fuerza de tu hermano y en la de su grupo. Esa pesadilla solo fue causada por Vanessa para debilitar la energía familiar. Con Matilda ya abrió un espacio en el círculo, pero no ha logrado cortarlo. Cualquiera de nosotros que caiga en depresión podría terminar de dividirlo. No se lo permitiremos.

-Está bien abuela, pero voy a llamar a Mello; necesito saber si está bien -dice tomando el teléfono de su mesa de noche, pero Inés le toma el brazo con suavidad.

-No pierdas el tiempo, linda. No hay señal en la isla.

★★★

Inés mantiene a Federico alejado de Matilda.

-Está un poco enferma y no debes molestarla, campeón.

-Ya, pero ¿cuándo se va a mejorar? -pregunta él batiendo sus largas pestañas.

Inés lo abraza, lo besa y después de asegurar que falta menos, le hace cosquillas. Fede huye riendo seguido por Kat, que ha entrado sin permiso y se suma al juego saltando tras el chico.

La mujer exhala un suspiro. Afuera sigue lloviendo. "Pobre Matilda", piensa. Va a la habitación donde se guarda la ropa de cama, extrae una frazada eléctrica y se dirige al garaje. Apenas abre la puerta, el frío la golpea y una carcajada la hace retroceder. De pie en la puerta, se queda inmóvil.

"Perfecto, Claudia. Todo lo que tú digas está bien. ¡Cómo no voy a recordar! La playa… Te dije que me gustó… desde el comienzo… Jajaja… pero era tuyo… No, no hablo de Gaspar, él salía con mi amiga Elle. ¿Antonio? Pero eso fue más tarde… cuando ustedes terminaron en el club de yates… ¿Un año? Ah… no lo recuerdo… Dijiste que no importaba… en serio, tiempo después. ¿Ahora sí? ¿Nunca me vas a perdonar? ¡Ay, no! Por favor… eres la única amiga que tengo… ¿Claudia? ¡Claudia, no me dejes! ¡Necesito que hablemos! Jajajaja… era broma. ¡Eres tan divertida!"

Matilda llora y ríe. De su boca sale una bocanada que se convierte en hielo, queda en el aire por algunos segundos y cae como una pequeña laguna negra que repta a su alrededor. Inés baja la cabeza y cierra la puerta.

XVII

El plan trazado por Mello para cruzar al islote incluye levantarse de madrugada. Así, los guardianes no estarán alerta o al menos habrá más probabilidades de que no lo estén.

Los arreboles del amanecer dan la bienvenida a los chicos cuando cierran la puerta de la casona. El aire es tibio, agradable para la hora, y Mello distingue algunas flores que no vio la noche anterior. A pesar de la aparente normalidad, sus músculos están tensos.

Caminan rápido. En las mochilas llevan todo lo necesario para sobrevivir varios días: barras de caramelo, cereales, algunas frutas y verduras; arnés, enganches y cuerdas; navajas, fósforos, linternas y artículos de primeros auxilios. Cada uno porta una pequeña cantimplora colgando al cuello. Mello no ha querido preguntar cómo se las arreglarán si se acaba el agua.

No se acaba nunca.

-¿Escucharon eso? -pregunta. Los chicos niegan.

¿Eres tú, Calixto?

¿Quién más? Jajaja.

Cree que nunca se acostumbrará a hablar con él en su mente. Sonríe y ve hacia atrás. Sol lo sigue a unos tres metros de distancia; concentrada mira a todos lados. Tras ella va Regine con un amago de sonrisa; levanta los brazos y respira varias veces. Manu cierra la fila india, atento. La voz de Calixto en su mente le da confianza y se anima a seguir apoyándose en sus consejos.

¿Nos estamos acercando?

Sí, deben ser más cuidadosos. Hagan una caminata de atención.

¿Cómo?

Regine te explicará.

Mello no alcanza a preguntar cuando Regine les sugiere meditar pisando la huella del que va adelante.

-Obvio que se hace en silencio. Es muy, pero muy buena técnica. ¡Maravillosa, en realidad! Uno se concentra, así no piensa en otras cosas. El miedo desaparece. Y te sientes tan, pero tan bien, que eres capaz... Okey, en silencio. Eso es -dice, cuando los tres la miran con cara de interrogación.

-Ah, una caminata de atención -asegura él y el trío lo felicita. Mello ríe avergonzado y escucha en alguna parte las carcajadas de Calixto.

Muy pronto llegan al puente. Las barandas están cubiertas de unas horribles enredaderas que huelen a podrido. Mello recuerda a Pilar y su sueño. ¿Es lo mismo? ¿Será parte del castillo? No puede ser. Aún están en la isla. Aunque el islote podría estar invadiendo su territorio.

-¡Hala, chicos! Que estamos de suerte. No parece haber nadie a la entrada -confía Manu.

La fetidez de las enredaderas les da arcadas. No es buena señal.

-Traten de contener la respiración ¡Avancemos rápido! Igual, atentos por fa -pide Mello sacando un pañuelo de su mochila. Los demás lo imitan antes de seguir adelante.

Preparados, apuran el paso. El silencio es total. Pueden sentir la respiración de los otros. Regine ya no sonríe, le tiembla un párpado. Mello y Manu están pálidos. Sol es la única que avanza firme. La sensación de estar volando en esa caminata le da cierta seguridad.

De pronto el cielo, que ya mostraba sus primeros rayos de luz, se vuelve a oscurecer y el puente tiembla. Las barandas parecen de goma, batiéndose en todas las direcciones. La madera cruje como si se estuviera partiendo. El agua sube y los empapa, impregnándolos con el olor insoportable. Las arcadas rompen el silencio y luego, un rugido aterrador.

-Un terre... mo... to -susurra Sol.

La voz de la chica choca con algo y se devuelve como eco golpeándolos con fuerza. Se tapan los oídos intentando aislar el ruido que estremece los cuerpos.

-No es un terremoto -dice Mello con una tranquilidad que él mismo no se explica-. ¡Miren! -agrega apuntando al otro lado del puente.

Aparece una mandíbula más grande que todo el grupo junto. "Nos podría tragar de una", piensa Mello, pero luego recuerda que debe confiar. Confiar y liderar. Se toca el medallón.

La mantícora comienza a mostrarse de a poco. Los dientes son filudos y enormes, como estalactitas. Cuando toman forma las alas, un leve movimiento crea una ventisca que amenaza con sacarlos del camino.

-¡Enganchen el arnés al puente! -exclama Mello mientras aparece la cola.

-Menos mal que no tiene pedipalpos -grita Sol.

-¿Que no tiene qué? -preguntan los demás a coro.

-¡Pinzas, ignorantes, pinzas! -exclama. Su cabello vuela, como el de todos, mientras intenta aferrarse a la cuerda que acaba de enganchar al puente.

-¡Vale! Otro día nos das clases... si llegamos a otro día, maja.

Mello toma decisiones. No van a matar a la mantícora. La culpa no es de ella. La cola tiene un veneno que no puede dañarla. Si logra que se auto inocule un poco, dormirá el tiempo suficiente para que ellos crucen el puente y lleguen al islote del mal.

"Chicos, atentos", dice mentalmente, pero parece no alcanzarlos con su pensamiento.

Si no confías, no resultará.

En alguna parte del universo, en un espacio paralelo, Calixto está atento para ayudar a su sobrino nieto.

Respira y confía. Luego, deja que fluya el pensamiento con suavidad.

Mello obedece y siente a los demás dentro de su cabeza.

Chicos, a la cuenta de tres haremos la misma armonía que realizamos al llegar. Espero que la mantícora se adormezca un poco. Cuando eso suceda, Manu, debes cabalgar sobre su cola hasta conseguir que la doble lo suficiente para pincharse. Esa es tu tarea.

Algo suena en su estómago mientras siente la alegría de haber logrado la conexión mental. No sabe si son nervios o es hambre; no le importa. El cuerpo entero vibra de otra forma cuando realiza la cuenta y todos cantan.

El animal gruñe con fuerza y, por un momento, temen que no dé resultado. Ahora está totalmente visible y es más terrorífico que antes. Avanza hacia ellos dando grandes zancadas, moviendo las alas, haciéndolos tambalear. Si se miraran unos a otros descubrirían cómo aplauden las rodillas. No tienen tiempo para hacerlo, ni siquiera para apoyarse en el miedo de los demás. Deben actuar. Cantan un poco más fuerte y cierran los ojos.

Mejor no mirarla.

De pronto, el silencio retorna. Regine abre los ojos y se le escapa un grito visceral. Los ojos de la manticora la miran de cerca. Demasiado cerca. Ella siente como la respiración se le atora en el pecho, impidiéndole cualquier movimiento. No sabe cuánto tiempo pasa hasta que el animal hace una especie de mueca y cae con un estruendo monumental que los arroja y los hace rebotar en el suelo. Casi al otro lado del puente, una risotada ronca les avisa que Manu logró lo planeado. Todos juntos lo consiguieron.

-Queda menos -resume Mello abrazando a Regine, que recupera los colores de a poco. Los demás explotan en risas medio histéricas que se vuelven llanto, risa y luego hipo. Recién entonces comienzan a regular la respiración.

Avanzar por el puente es fácil. No se trata de un camino colgante sino de una estructura construida con solidez. Quien la hizo pensó en la manticora. En pocos minutos, el cuarteto llega al otro lado y solo una barrera los separa del islote. Se trata de un enorme tronco de madera por un lado y metal por el otro, una extraña aleación que no permite el paso. Mello siente que su padre está cerca y que nada podrá separarlos. La esperanza late en él. Los ojos se le llenan de lágrimas y las limpia con el dorso de la mano rápidamente. Regine intenta reptar por debajo de la vara, pero algo la detiene. Manuel la salta.

-¡Hala, que es más fácil de lo que... -alcanza a decir antes de tocar tierra y salir expelido por una fuerza desconocida, quedando sentado en el mismo lugar donde inició el movimiento.

-¿Estás bien? -preguntan Regine y Sol al unísono intentando reprimir una carcajada.

-Chicas, recuerden lo que dijo Calixto. Este debe ser el segundo guardián. Les toca a ustedes pensar.

-¿Perdón? ¡Como si no pensáramos por ustedes todo el tiempo! -responde Sol, molesta.

-Ya, no le pongas color, Sol. No quise ofenderte. Nunca lo haría.

-¡Uuyy! -dicen a coro Regine y Manu.

Sol y Mello hacen el gesto de buscar algo, evitando mostrar el rubor que ambos perciben en sus rostros.

-Aquí está lo que buscamos, o eso parece. Ven, Regine.

Se acerca y Sol le indica un tablero con dos figuras dibujadas. Se miran y sonríen.

-¿Lo ves?

-Creo que sí.

Los chicos se asoman a mirar el tablero. Mello frunce el ceño y Manuel encoge los hombros.

-¿Qué hay, chicas? Yo solo veo unas rayas.

-Que parecen dos conos de helado, hijo.

Sol y Regine ríen.

-¡Cómo tan poco creativos! -lanza Sol.

-Claro, eeella. Pues ha llegao la Isabel Allende de la isla -se burla Manu.

-Basta de bromas. Si saben algo, es el momento de seguir adelante. Siento que papá está cerca -interrumpe Mello.

Sol y Regine se apoyan en las figuras y de inmediato se convierten en dos mapas: California y Beirut. La luz que emiten ambos mapas se reúnen en un punto. En él, surgen dos letras y una cifra, 9-19-12-1, que desaparece al instante.

-¿Por qué los mapas? -pregunta Manu y se golpea la cabeza.

-Nuestros lugares de origen. Ahora tenemos que averiguar qué significan los números -explica Sol.

-Sumados dan 41 -dice Regine.

-Y multiplicados, 2052 -agrega Sol.

-¿Entiendes ahora por qué deben ser ellas quienes resuelvan esto? -pregunta Mello a Manu con una sonrisa sincera.

Manu sacude la mano, se la pasa por la frente y modula un "ufff".

-Fíjate, ahí hay un espacio para los números. Intentemos.

Las muchachas pasan varios minutos probando con distintas cifras sin que la barrera muestre algún movimiento. Un bufido de la mantícora los alerta, pero el animal solo ronca. Saben que están contra el tiempo.

–No hemos pensado en letras, Sol.

–¡Tienes razón! Si el 9 corresponde a la I.

–19 a la S.

–¡12 es L!

–Y 1 a la A.

–¡Isla! –gritan al mismo tiempo.

Mello introduce la palabra y la barrera desaparece. Se dan un abrazo, recogen las mochilas y se adentran en un bosque lúgubre.

Después de caminar varias horas deciden descansar. La tensión generada por los dos primeros guardianes ha mermado las ganas de enfrentar otro reto. El tiempo parece detenerse. La ruta se ha extendido demasiado. El castillo se ve cercano, pero a medida que avanzan es como si la construcción retrocediera. Todos presienten que el último paso no será fácil. Nadie dice nada. Además, sus enormes ojeras indican que han vivido más horas o hasta días en este islote hechizado.

Comen y extienden sus sacos de dormir. Mello escucha la voz de Calixto sugiriendo un pentágono.

–Imposible –responde en voz alta–; somos cuatro.

–¿Imposible qué? –pregunta Manu.

Él explica la instrucción que acaba de escuchar en su cabeza.

-Los pentágonos de Cofraluz se hacen con cuatro sacos y los medallones protegiendo la quinta parte. Así, los espíritus de nuestros antecesores se quedan por la noche con nosotros. Estaremos híper, súper, mega protegidos. ¿No les parece extra-fantástico? ¡Amo! -aclara Regine haciendo un pasito de baile.

-Gracias, Re -dice Sol y sonríe a los demás.

Mello es el primero en despertar. Aún no ha salido el sol y él duda sobre si encender o no una fogata; teme atraer a cualquier otra criatura horrorosa del entorno. De pronto descubre un termo violeta al costado de su mochila. Lo abre; está lleno de un té aromático. Se sirve un poco en una taza de cartón y se siente lleno de energía. Despierta a sus compañeros y les da la bebida. Al instante, los tres caen desmayados.

XVIII

Mello se acerca a Sol, escucha su respiración y le toma el pulso, algo que aprendió gracias a su abuela Inés. Se supone que es lo primero que se hace cuando alguien se desmaya: ver si respira y si tiene pulso. Repite la acción con Regine y luego con Manu. Los tres tienen cuarenta y cinco latidos por minuto. "¡Qué onda! ¿Cómo? ¿Por qué? No puede ser el té, ¿o sí? Pero a mí no me pasó nada", piensa.

¿Qué hacer? ¿Podrá cumplir solo con la misión? Llama a Calixto, pero él no responde. La cabeza le da vueltas. ¡Qué mal! Justo ahora que están tan cerca de la meta. Tampoco puede abandonar a sus amigos. Algo tendría que hacer. Pero, ¿qué? "¡Piensa, Mello! ¡Piensa!"

Se detiene a mirar el pentágono. Ahí están los sacos y los medallones que debían protegerlos. ¡Eso debe ser! Solo él se puso el medallón al despertar; los demás seguían en el lado libre, aquel que utilizaron como protección nocturna. Los recoge con suavidad. Cada uno de ellos late distinto. "El ritmo de sus corazones", piensa. Busca las iniciales para poner el colgante en el cuello de sus dueños. Acaricia el de Sol y por instante piensa en cómo sería usarlo. Lo suelta, avergonzado, y se apresura a llevarlo a su dueña.

Poco después, los tres durmientes se desperezan sin saber lo que acaba de suceder. Mello suspira y se sienta con las piernas cruzadas. Se toma la cabeza y piensa en el tiempo perdido. Otra vez se encuentra en una especie de limbo, sin saber si han pasado minutos, horas o días.

-Nadie vuelva a tomar o comer nada que no esté en las mochilas -advierte después de contar lo sucedido.

-Te recuerdo que fuiste tú quien nos ofreció el té -dice Sol mirándolo fijamente con una expresión que él no sabe descifrar. ¿Molestia? ¿Ironía? Será mejor no discutir.

-Lo sé. También lo digo por mí. Disculpa -responde Mello-. Sigamos adelante y no volvamos a separarnos de los medallones, por fa. Son nuestro único seguro de vida. O eso espero.

Hora de recargarse.

Calixto aparece otra vez y Mello pregunta a qué se refiere.

Compartan la energía que emana de los medallones en un círculo divino.

Tienes razón.

El pensamiento de Sol se cuela en la conversación. Mello tiembla cuando ella toma su mano y la de Manu. Una vez completo el círculo con Regine, la orden es clara.

-Ahora, repitamos. A-mor -indica Sol.

A Mello se le incendian las orejas.

-A-mor significa no muerte -aclara Sol. Mello percibe su sonrisa mientras lo dice. El calor pasa a sus mejillas-. ¿Listos? -pregunta ella y los demás asienten.

Cierran los ojos. La energía baja por la cabeza y sube por los pies al mismo tiempo. Mello percibe la corriente que cruza el cuerpo. Al reencontrarse, sonríen. Mello tiene ganas de reír. Luego piensa que todo es muy raro. Al hacerlo, escucha a Calixto otra vez en su cabeza.

Shtttt. Creer, crear, creer. Shtttt.

Preparados, llenos de confianza y de una grata energía, parten decididos a completar el rescate.

El día está acabando. Todo cruje alrededor, las sombras de distintos seres los rodean a cada paso. Cuando están a punto de chocar con alguna, se escuchan carcajadas y la figura desaparece. Escalofríos avanzan por sus espaldas; los medallones laten dándoles confianza.

Después de un tiempo indeterminado, el camino comienza a ser parejo. No hay piedras ni sombras, ninguna amenaza. Todo se confabula para que el grupo llegue a destino.

–Demasiado fácil para confiar –confiesa Mello.

Los demás están de acuerdo, pero no lo dicen; no vaya a ser que caigan todos en un ambiente depresivo y Vanessa, la mujer que encarna el mal, los conduzca hacia quizás qué trampa.

De pronto se encuentran frente a un edificio en ruinas. Escuchan gritos, voces y susurros.

–Aquí es –dice Mello.

Nadie duda. Saben que lo ha visto en sueños, en la pintura de su madre, en la intuición que potencia el medallón. Una estrella solitaria surge en la noche. Se dejan guiar.

Las enredaderas crecen a cada paso, haciendo tropezar a los chicos. Sol tiene las rodillas machucadas, pero no se inquieta. Alumbra el camino con su linterna potente y cuando cae, Regine la reemplaza. Una pared rocosa aparece frente a ellos. No hay cómo traspasarla.

-¡Es enooorme! Diría que la pendiente es de noventa grados.

-¡No exageres, Re! Son como ciento veinticinco, más o menos.

Los chicos se miran. La admiración por ellas es otra cosa en común. Les confiarían la vida. Al detenerse perciben que las ideas llegan con lentitud.

-Debemos descansar un rato, volver al círculo -sugiere Mello.

Manu y Sol se sientan a esperar a Regine, que sigue haciendo cálculos. Cuando se acerca a ellos, tropieza con una piedra que ninguno había notado antes y un movimiento de tierra los pone de pie de un salto.

La montaña abre la puerta a un túnel. Las expresiones son de duda. "No somos superhéroes como diría el Fede, pero ya estamos aquí", dice Mello sin palabras. Todos asienten y lo siguen. Al ingresar en el túnel, la entrada se cierra. El aire espeso les provoca tos. Las linternas no funcionan, la oscuridad se cierne sobre ellos.

-Mantengámonos en fila, juntos, enganchen los cinturones. No podemos volver atrás.

-Pero… -la tos impide a Manuel seguir hablando.

-Chicos, atentos. Hay una corriente de aire. Respiremos despacio, vamos a paso lento -dice Sol en un susurro.

-Así es, no se desgasten. Avancemos. Este tiene que ser el tercer guardián.

Mello, no quiero. Mello, no quiero. Mello, vete de aquí.

La voz de Antonio se cuela en los pensamientos de Mello. Un miedo súbito le acelera el corazón. Acaricia su medallón y respira. Está aterrado. "¿Y si papá ya estuviera…? No, eso no puede pasar. ¡No! Todo va a salir bien, todo va a salir bien, todo va a salir bien", repite como si fuera un mantra. Escucha a los chicos exhalar algunos "auch", "ay", "cuidado".

Media hora más tarde salen del túnel y, agotados, ven a pocos metros la edificación en ruinas. A la izquierda, una enorme habitación iluminada, y varias sombras detrás de las cortinas. A la derecha, tres nuevas entradas; solo la del centro tiene rejas. En las afueras del edificio, varios umakos caminan en círculos.

-Es ahí -asegura Mello apuntando al centro.

-Pero no hay nadie. ¿Dónde está el guardián? Debería ser enorme, más grande que la montaña. O más fuerte. Qué se yo.

-No lo sé, pero estoy seguro de que es ahí. Todavía tienen tiempo de arrepentirse. Pueden permanecer aquí. Yo soy el encargado…

-Ya, claro. Ahora te vuelves héroe. Dijimos que lo haríamos juntos, ¿no? -pregunta Sol frunciendo el ceño, gesto que Mello no puede ver, pero imagina. Sonríe.

-¡Hala! Este va de sobrao…

-Ya, okey. Entendí. Vamos. Con cuidado. No permitan que los umakos los toquen. Ellos perciben la energía activa.

Un rayo ilumina el cielo y descubren a un centenar de umakos.

-¡Uy! Y ahora, ¿qué hacemos? -pregunta Manu

-Tengo una mega idea, no sé si funcione, pero puede ser buena, genial, en serio...

-Regine, no tenemos tiempo. ¿Cuál es?

-Sí, perdón, es que me entusiasmo. ¿Se acuerdan de *The Walking Dead* o *Z Nation*?

-Yaaa...

-Los humanos se pintan como con barro y se mezclan con ellos.

-Jajaja... perdón, no puedo evitarlo -se disculpa Manu.

-Sht, no te rías. ¡Bien, Re! No perdemos nada. El barro inmundo de este lugar puede protegernos -intenta Mello-. De prisa, cúbranse con él la cara, las manos, el cuello. Toda la piel que está al aire.

Con rapidez, arcadas incluidas, el grupo se llena de barro el cuerpo, agregando una capa exterior a las mochilas.

-Cuando pasen al lado de algún umako contengan la respiración.

"Y no más pensamientos negativos. Ustedes son Cofraluz y deben triunfar", escuchan decir a Calixto. Las palabras del anciano les recuerda la importancia de la misión y la valentía retorna al grupo. Cruzan el tramo que los lleva a la cárcel del islote, esquivando con éxito a los seres que protegen la entrada.

"Está entrando en el pasillo de los condenados", dice una voz robótica que los hace retroceder de un salto. La luz tenue que se enciende al avanzar descubre un sinfín de jaulas a cada lado del pasadizo. Están construidas en la roca de una montaña, son la base de la edificación. Dentro de ellas, hombres y mujeres se cubren los ojos; no están acostumbrados a los visitantes. Los que tienen fuerza para asomarse por los barrotes, verdaderos cadáveres vivientes de un olor nauseabundo, hacen escándalo. Regine saca de su mochila unas toallas húmedas que entrega a sus compañeros. Los susurros que habían escuchado a la distancia se transforman en un ruido infernal. Quejidos, llantos, tachos de metal golpeando las rejas, maldiciones y gritos guturales. Aunque la pena comienza a quitarles la energía, Mello indica que se tapen los oídos. "Lo primero es papá", musita modulando bajo la luz de su propia linterna.

Las celdas se extienden a una profundidad que parece no tener fin. Los chicos están agotados, pero saben que no pueden retroceder.

Una lluvia de pequeñas piedras comienza a caer sobre ellos. El terror hace una breve aparición.

–Calma. Haremos todo lo posible para que los encuentren. Si no os calláis, nadie saldrá con vida de aquí.

El ruido se convierte en rumor en pocos segundos, luego en silencio. Las piedras dejan de llover y Manu se acerca a hablar con los cautivos, gente de todas las nacionalidades, la mayoría de ellos científicos. Después de algunas palabras, comprende que basta con uno o dos datos para conseguir la liberación de todos, una vez que tengan a Antonio y logren volver a la civilización.

-¿Mello? ¡Mello! ¿Eres tú?

La voz gruesa, tan querida, llega hasta Mello. ¡Está vivo! Corre hacia su celda. Le tiembla todo el cuerpo, la respiración se agita una vez más. Delgado, pero con el brillo inconfundible en sus ojos, su padre lo mira orgulloso. Ambos sienten como las lágrimas recorren los rostros. Se toman las manos, sonríen al mismo tiempo y se guardan el abrazo para más tarde. Mello se acerca a inspeccionar la cerradura. Cuelga a un metro y algo de distancia. Tiene dos pantallas para una huella digital y una aguja en medio.

-Supongo que tendrás que pinchar tu dedo y poner una gota de sangre en las pantallas -dice Sol pensando en la fobia que Mello tiene a la sangre.

No se da tiempo a pensar. Con la adrenalina a mil, Mello se pincha el dedo índice. Cuando la sangre mancha la pantalla, solo queda esperar. Nada sucede. El desconcierto se apodera del grupo.

-No pueden liberarme, chicos. También necesitan la sangre de una mujer de la familia.

-¡Pero papá! ¡No hay tiempo!

-Sol, es tu turno.

El mensaje lo escuchan todos.

Sol no lo piensa. Sabe que su tía Margaret amaba a Calixto, debe confiar en él. No siente dolor, solo un breve mareo al ver el hilo de líquido morado que gotea de su dedo. Cuando se derrama sobre la pequeña superficie, el clic indica que ha sido la acción correcta. ¿Cuál es la relación? La duda queda en el aire.

Apenas Antonio cruza el umbral de la celda, cambia de idea y quiere volver atrás.

-Mello, perdóname, pero no puedo ir con ustedes -confiesa, mirando a su hijo sobre la cabeza.

-¿Cómo? ¿De qué hablas? Mamá te extraña, la abuela también. La familia te espera, papá. ¿Qué onda? ¡No sabes lo que hemos pasado para llegar a ti!

-Lo sé, hijo, sé que tú quieres mi felicidad. Pero yo soy feliz con Vanessa. Ella está conmigo todos los días. Me cuida. Me ama. Me ayuda. La amo.

Los chicos se miran entre sí con desconcierto.

-Ella está aquí para mí. No me pide nada -dice mientras se abraza a sí mismo-. No le importa que yo busque algo que no recuerdo. Amo el silencio de la isla. Aquí puedo concentrarme, trabajar... amo el aroma...

No cabe duda: el hombre no está en sus cabales. El desconcierto dura unos segundos hasta que Regine se acerca y le habla.

-Ay, Antonio, pero mira qué torpes hemos sido. Vane, que te ama tanto, nos ha enviado para que salgas de aquí y asistas a un concierto. Ella te espera y nosotros tocaremos para ti -asegura, extendiendo su brazo para que el hombre se apoye en él. Antonio, embobado, se deja guiar por el grupo.

Cuando pasan junto al resto de los prisioneros, los chicos les piden un poco más de paciencia y prometen que harán lo necesario para liberarlos.

Afuera, los umakos roncan. Solo uno, semi despierto, se acerca con lentitud intentando alcanzar al grupo.

Cuando está a centímetros de tocar a Sol, Manu le alcanza una botella, que el umako bebe de un trago y vuelve a caer de inmediato. Los chicos miran con expresión de pregunta.

-Agua limpia -responde levantando los hombros.

El grupo pasa sin ser visto. A la mañana siguiente ya se encontrará en la casona de Cofraluz.

XIX

Corren, tropiezan y se esconden tras los troncos secos cuando se acerca algún umako. Los pies pueden dar cuenta de los kilómetros recorridos. Están llenos de barro y, aunque el olor nauseabundo ya no les molesta como la noche anterior, ansían llegar a la isla madre. Necesitan sacarse el barro físico y mental. Por otra parte, Antonio aún no se ha puesto difícil, pero su ansiedad podría pasarles la cuenta.

–¿Falta mucho? ¡Quiero verla! Supongo que Vanessa estará en el concierto. O tal vez ella cantará. ¡Sería tan lindo que tocara el piano para mí! –comenta con actitud infantil.

Los chicos se sienten incómodos al ver la expresión compungida de Mello.

–Queda poco, casi nada, Antonio. Confía en nosotros. Pronto estarás con ella –responde Regine mirando a sus compañeros.

Al acercarse a la casona el grupo comienza a cantar. La melodía improvisada atrapa la mente y el corazón de Antonio. De a poco, su cuerpo se relaja y su voz se une a la de los chicos. Ellos perciben cómo la mirada profunda del científico vuelve a aparecer, a ser consciente de lo que ve y vive. Siguen adelante con la melodía. Es una progresión vocal que se va repitiendo con diferente intensidad. La energía se siente en el cuerpo, luego en el aire. Las sonrisas espontáneas dicen mucho. Nadie quiere dejar de cantar, pero el silencio también es necesario ahora.

Antonio comienza a preguntar dónde se encuentra. Abre los ojos intentando reconocer el lugar. Luego los posa sobre su hijo y un par de lagrimones le moja la cara otra vez. Los chicos se alejan unos minutos para darles espacio. Padre e hijo lloran abrazados. Luego llaman a los demás, que se sientan en círculo junto a ellos.

Con la cabeza entre las manos, Antonio suspira con fuerza y comienza a pensar en voz alta. Recuerda algunas escenas de lo que pasó los últimos meses, aunque parte de su memoria ha sido borrada. Cada uno de los chicos le cuenta lo que sabe hasta que completan la historia.

-Mamá me habló alguna vez de Cofraluz -comenta mirando hacia el cielo. Sonríe al ver un ave azul que lo mira a los ojos-. Lo hizo cuando era pequeño y nunca volví a preguntar, me parecía una fantasía. Mientras más aprendía del área científica, más dejaba de lado esa historia. Siempre creí que era solo una banda de juventud, una cosa de hermanos entre ella y Calixto.

-¡Uy, Calixto! -dice Sol, moviendo la cabeza de un lado al otro mientras esboza una sonrisa.

-¿Qué pasa con él? Era un buen tipo. Cuando murió no me conformé por meses.

-Sigue siéndolo -susurra Manu, que ante la mirada ex- trañada de Antonio cambia el tema-. Ya te contaremos. Cofraluz necesitaba un bajista y *voilá!* -agrega mostrando a Mello.

-Y ahí estaba yo, papá, sin saber en qué me estaba metiendo. Igual la hicimos, ¿o no? -pregunta a los demás, que asienten al mismo tiempo.

-¡Qué mal les tengo que haber hecho pasar! ¿Cómo llegaron hasta ahí? ¡Son solo chicos! Hijo, perdón por esto.

-Papá, bienvenido. Nada que perdonar -dice Mello y se acerca en un nuevo abrazo-. Ni siquiera nosotros lo tenemos tan claro. O yo, al menos -agrega levantando los hombros y mostrando las palmas de las manos.

De pronto, Antonio recuerda qué sucedió cuando él estaba celebrando su hallazgo, el anti-virus. Pregunta por la familia, por el planeta. Se sorprende al saber que detrás de todo está Vanessa; no entiende cómo llegó a él y a los otros científicos. Son tantas las preguntas que deciden seguir con la conversación cuando estén en el continente. Por ahora, lo urgente es llegar al laboratorio para confeccionar la vacuna. Mello se pregunta cómo lo harán para trasladarlo, si también volverá con un delfín.

-No te preocupes, hombre. La vuelta será en lancha -explica Manu haciendo un guiño.

Mello se ruboriza. Por primera vez se pregunta hasta qué punto sus amigos pueden entrar en su pensamiento.

La mañana pasa veloz. Cuando el sol está en el zénit deciden partir. Afuera, el calor parece derretir las pocas plantas que aún están vivas.

-Nadie con dos dedos de frente saldría tras nosotros a esta hora -señala Mello, explicando al grupo su decisión y entregando un jockey a cada uno.

-Te creo. Ese no debe tener ni uno... -dice Sol apuntando a la ventana.

Todos se voltean a ver cómo un umako gigantesco se aproxima a velocidad suicida hacia ellos. No viene solo. Lidera a un grupo con piedras y palos.

XX

El primer choque contra la ventana triza el vidrio, el segundo lo rompe. La puerta demora un poco más en caer. Una decena de umakos entra a tropezones en el gran comedor. El ruido infernal de vidrios, gritos y destrozos llena el espacio. Se empujan entre ellos, levantan lo que encuentran lanzándolo lejos. Golpean todo a su paso. Sus rostros han perdido las facciones humanas. La mirada que alguna vez mostró sentimiento ahora no tiene foco. La boca abierta ya no modula. El pelo enmarañado solo conserva mechones de lo que sus antiguos dueños deben haber cuidado con celo. La respiración es forzada, un solo gruñido. Son muñecos de tamaño natural. "¡No nos van a contagiar! ¡No nos van a contagiar!", piensa Mello.

En un alarde adrenalínico, y desoyendo al padre que le grita que no lo haga, se acerca al líder. Una arcada le recuerda que el ser proviene del otro lado de la isla. "Algo de él debe quedar en su memoria", piensa. Cree que podría hacerlo entrar en razón. Prepara un par de fases convincentes. Lo mira y, con su mejor voz, inicia el discurso. Apenas alcanza a balbucear una letra, cuando el grandote lo toma por los hombros y lo lanza contra el estante de la biblioteca. Mello agradece a las polillas el estado del anaquel.

–¿Estás bien? –pregunta Sol y Mello le sonríe sin responder–. ¿Puedes cambiar la cara y contestar, Miguel de la Huerta? –vuelve a preguntar con seriedad fingida. Él levanta ambos pulgares y comienza a levantarse para ir hacia donde están sus amigos. Le duele el cuerpo entero; el gesto preocupado de Sol le da energías.

Antonio y el resto de los chicos toman lo que tienen a mano para repeler a los umakos: patas de mesas, sillas quebradas, pedazos de tela, cuadros de antiguos mentores a punto de caer. A pesar de su fragilidad, Antonio lucha a la par con ellos. Manu intenta noquear a los invasores con algunos troncos de la chimenea y ya no queda nada más que pueda ser lanzado.

Los umakos no se detienen, están avanzando hacia ellos y no demorarán mucho en darles alcance si deciden correr. Son más grandes y tienen una fuerza sobrehumana.

–¡Mello! –grita Sol–. ¡Los instrumentos están en la cocina!

Él corre, busca en los estantes y después de abrir varias puertas los encuentra. Toma el bajo y lleva el pandero para Regine. Hace un gesto indicando a Sol que es su turno; debe buscar una guitarra. Manu ha logrado llenar bolsas plásticas viejas con agua y las utiliza como bombas; eso los detiene por algunos segundos y necesita hacer tiempo. Sabe que los chicos conseguirán algo con la música.

Como un milagro, los amplificadores guardados funcionan a la perfección. Además, hay energía. ¡Fantástico!

–Dos, tres, cua… –la cuenta de Regine inicia el proceso.

Una nueva improvisación, esta vez con instrumentos, llena de armonía el comedor. Antonio se suma a la voz de Manu y el panorama comienza a cambiar. La vibración avanza hacia los umakos. Con cierto placer, la banda descubre que pueden sonreír. Es una mueca. No es consciente, se trata de un reflejo. Sus rostros no mejoran demasiado, se ven divertidos. Pequeños gruñidos de satisfacción los ponen en movimiento. Bailan, hacen una fila india y retroceden para desaparecer moviendo la cabeza en menos tiempo que el utilizado para entrar.

Las ganas de hacer música se han reactivado y los cinco siguen tocando por un rato. Luego, se agradecen, aplauden y buscan las provisiones para abandonar de una vez la isla. El gruñido del umako grandote y una voz femenina los inmoviliza.

-Esa musiquita a mí no me detiene, tropa de ilusos.

XXI

Una mujer pequeña y delgada, vestida de color negro-ratón, está de pie en el umbral. A contraluz, no se percibe el rostro; solo cuando ingresa al comedor su imagen se aclara para los integrantes de Cofraluz. Sus rasgos son marcados: mandíbula cuadrada, piel gris y ojos celestes transparentes, impone su presencia con fuerza abrumadora. La rodea una especie de bruma oscura. El aroma a insectos quemados que la acompaña se expande con facilidad. La voz es potente y, cuando deja de hablar, su boca se extiende en una mueca forzada. Los labios rojos traen a la mente de Mello el sueño de Pilar. A un costado, el gran umako está de vuelta, pero ha dejado de sonreír y se muestra atento a las órdenes de la mujer. Una corriente de aire frío llena la estancia.

-¡Claudia! ¿Eres Claudia? ¿Qué onda? ¿Qué haces aquí? -pregunta Mello con evidente desconcierto. Su mirada va y viene entre los rostros de su padre, de la banda y de la mujer.

-¿Conoces a Vanessa? -lanza Regine en un grito ahogado, abriendo mucho los ojos, mientras se apoya en sus otros compañeros.

La mujer ríe con carcajadas histéricas. Solo Antonio entiende.

-Sí, Mello. Vanessa es Claudia. Más bien, era Claudia. La amargura la ha transformado.

Es la amiga de infancia de mi madre, su psicóloga.

La explicación de Mello a sus amigos, sin palabras, indica algo inesperado: Vanessa no puede acceder a sus pensamientos.

Los chicos se miran, intentando comprender este nuevo giro de la historia. Están muy juntos, rozándose los brazos, sintiendo el latir de los medallones a contrapunto. El frío es cada vez más apabullante. Mello se adelanta. Sol intenta hacerlo retroceder. No lo logra.

-¡Ahora tiene sentido! Siendo su "amiga" -dice marcando las comillas en el aire- no debías ser su terapeuta. ¡La has enfermado! ¡Qué rancia, eres lo peor!

No puede evitar un aullido de guerra, un sonido visceral que estremece a todos menos a Vanessa. En una reacción instintiva y desesperada se ve empujado hacia ella con pu-ños y mandíbulas apretadas. Vanessa levanta una mano y el gran umako se acerca. Antonio se interpone entre ambos. Los chicos ven cómo la yugular del hombre se hincha. Se escucha un suspiro cuando Vanessa ordena al umako reti-rarse, alejándolo de Antonio. Mello retrocede y la mujer vuelve a reír, haciendo temblar el recinto. El sonido metá-lico los obliga a taparse los oídos. Manu se toma la cabeza y se tambalea. Regine y Sol lo toman de los brazos.

-Matilda es ingenua, una estúpida simplona. Nunca entendí qué le viste, por qué terminaste eligiéndola a ella cuando yo te di mis primeros años. O sí, claro, también eres un simplón. Ahora lo entiendo. Te importan más el amor y esas idioteces que la inteligencia o el poder que yo te ofrecía.

-Estuve a punto de enamorarme de ti y lo sabes, hasta que fue evidente que ibas a comprarme, que sería tu juguete por el resto de la vida. No soy un genio, pero me di cuenta a tiempo. Matilda era tan distinta...

-Y ahora lo es más... jajaja. Ah, pero nunca entendiste -dice rozando la barbilla de Antonio y mirándolo a los ojos para luego alejarse negando con la cabeza-, no podías haberlo hecho. Tu corazón es de espuma, el mío de metal. ¡Estúpido! ¡No triunfarán! ¡No vendrá nadie más a salvarlos! ¡No habrá más chicos de la Huerta!

Un nuevo movimiento da la orden al umako que, a una velocidad impensable para su tamaño, toma a Sol del cuello.

-¡Noooo! -grita Mello, dando la voz de alerta al resto que emite una especie de eco al gritar también.

Demasiado tarde. En un instante, Vanessa, Sol y el umako han desaparecido. De su amiga solo queda un cintillo en el suelo.

XXII

El frío se apodera del salón. Las plantas, que habían dado señales de nueva vida, ahora lucen hojas otoñales. Las aves azules callan y los Silentes siguen arrumbados como estatuas en la habitación donde los dejaron antes de partir. Regine los mira de lejos y no puede evitar las lágrimas. Manu está en el suelo, con la cabeza apoyada en las rodillas.

-Estamos fracasando. ¡Se los advertí! Yo dije que no podía, que no era líder. ¡Que se haya llevado a Sol es mi culpa, por la cresta! -dice Mello en voz alta paseándose de un lado al otro antes de golpear una pared.

Antonio calla. Lo entiende a la perfección. Puede sentir el dolor de su hijo. La historia se repite. Recuerda cuando él tuvo que dejar partir a Matilda, sin decir lo que sentía; cuando la conoció como una de las mejores amigas de Claudia, justo en el momento en que ellos terminaban la relación. Matilda quiso interceder, ayudar a la reconciliación, pero solo consiguió mostrarse como era en realidad: una joven inteligente y de buen corazón. Pasó un año antes de confesar que no le había dolido el quiebre con Claudia, que no podía más con su manipulación. Que las injustas recriminaciones acerca de que el dinero de su padre, el yate y el club eran lo que buscaba, lo habían cansado. Entonces habló de lo que había significado la aparición de ella, Matilda, en su vida. ¡Había opciones más amables! Sí, del verbo amar. ¡Cómo la extraña! Lo de su hijo es similar. Ha visto cómo se miran con Sol, cómo discuten, siempre guardando la distancia justa, la coquetería. Si la historia se repite, todo debe salir bien.

-A ver, chicos. Entiendo por lo que están pasando, pero necesito que se calmen -aconseja. Mello lo mira resentido. Quiere culparse y culpar al mundo por lo que ha sucedido. -Sé que tienen un gran corazón; si no fuera así, jamás podrían haberme rescatado. Corazón, música e inteligencia son una fórmula potente. Se los digo yo, un científico que no creía en nada más que lo demostrable. Ahora pueden repetir la hazaña.

-Claro. ¿Y qué quieres que hagamos? ¡Se llevó a Sol! ¡Quizás qué le hará! ¿Y si la convierte en umako? ¡No! ¡No! ¡No podría soportarlo! -solloza.

-Mello, tranquilo. Piensa positivo. Tu papá tiene razón. Conseguiste salvarlo, fuiste tú. Eres demasiado bacán, demasiado *cool*, demasiado...

-No es fácil. ¡Es mi culpa! ¿Puedes entender eso, Regine? ¡No puedo pensar positivo! Hoy no.

-Manu, ayúdame -pide Regine tomando la mano del español para luego acercarse a Mello y con un gesto invita a integrarse a Antonio al círculo. Las manos unidas, los medallones latiendo al mismo tiempo y la respiración profunda calman las aguas.

-Debemos volver por ella al islote -murmura Antonio-. Estamos preparados para una batalla. Vanessa no conseguirá vencernos -asegura mirándolos.

-¿Y cómo lo hacemos con la liberación por sangre? Ya visteis lo que costó soltar a Antonio. ¡Pero pudimos! ¡Mola! Parece que vosotros tenéis un vínculo con ella. ¿Y la sangre femenina?

-Para eso necesito mi laboratorio y algo de Sol que tenga su ADN para duplicarlo en un filtro químico que Regine beberá para engañar a la guardia mecánica.

-¿Algo como esto? -pregunta Regine levantando el cintillo de Sol, que muestra algunos cabellos enredados en las cerdas.

-Me flipas, Re. Eres una *crack*.

Regine ríe y el grupo recupera el ánimo. Mello se aferra a la esperanza, controla sus emociones. Es tiempo de decidir.

-Será mejor que partamos pronto, así papá puede preparar el filtro y volvemos esta misma noche. Si Vanessa nos tiene en la mira, pensará que nos ha derrotado o que, por lo menos, hemos vuelto al continente. Cosa que será cierta, pero solo por unas horas.

-Lamento decirles esto, pero no será suficiente -agrega una voz que hace saltar los corazones del grupo.

XXIII

-¡**M**amá! -exclama Antonio.

-¡Abu! -grita Mello lanzándose a los brazos de Inés. Su aroma y su calor le recuerdan lo bien que se sentía en el santuario-. ¡No sabes la felicidad que me da verte! -dice una y otra vez. La emoción del encuentro le cambia el semblante. Se distiende su rostro y asoma una tímida sonrisa.

Inés devuelve el abrazo, pero va soltando poco a poco a su nieto. "A veces el amor debilita a la gente", piensa. Luego se arrepiente. En todos sus años de vida, que son muchos, ha aprendido que lo único que salva a las personas es el amor, la permanencia, la no-muerte, como repiten desde siempre en Cofraluz. Es tiempo de mostrarle a su nieto, y también a su hijo, ese valor supremo no solo con palabras.

-Cofraluces, ha llegado el momento que yo esperaba desde que di a luz a este hombre que ustedes acaban de salvar. Las cartas me advirtieron que la oscuridad se cerniría en dos oportunidades sobre mi familia. La primera fue cuando Claudia, siendo muy joven, se enamoró de Antonio, por decirlo de una manera -aclara al ver expresión sorprendida de los chicos- ya que solo estaba obsesionada con él. Luego apareció Matilda, y mi hermano, mi difunto marido y yo, que formábamos parte de la Cofradía, nos alegramos. Matilda y Antonio están destinados para algo grande, también mis nietos. Todos -asegura mirando a Mello que se muerde los cueritos de los dedos.

-¿Papá también? No lo sabía -comenta Antonio avergonzado por todo lo que desconoce sobre la espiritualidad de su familia.

-Toño, no eras ni serás el único responsable -lo consuela Inés-. Quisimos que ustedes no se enteraran de los riesgos que corrían por pertenecer a la familia de la Cofradía. La oscuridad cayó sobre nosotros cuando Vanessa convenció a varios gobernantes de aliarse con ella -dice en voz alta dirigiéndose al grupo-. ¿Cómo lo hizo? No lo sé y tampoco me interesa.

Los chicos parecen hipnotizados. Atentos a cada palabra, las absorben como si fueran parte del aire. Solo Mello se balancea apoyándose en un pie, luego en el otro.

-Abu, perdón que te interrumpa, pero... se llevó a Sol. ¡Debemos hacer algo!

-Lo sé. Ustedes permanezcan aquí, yo soy la que debe enfrentarse a Vanessa. Hace años que espero este momento.

Su seguridad genera escalofríos en el grupo.

-Inés, nosotros somos Cofraluz ahora. ¡Tú lo sabes! Jamás te abandonaríamos. No, no lo haríamos. Sabemos lo grandes, magníficos, maravillosos, geniales...

-Re, basta. La vas a cabrear...

-Cállate, Manu -ordena Regine a su compañero que junta las manos en respuesta con gesto de perdón-. No te dejaremos. Punto final -sentencia mirando a Inés.

Inés sonríe y acepta la compañía con la condición de que ninguno interfiera. A regañadientes lo prometen y siguen a la mujer a corta distancia.

El retorno a la caverna del castillo resulta fácil. Inés hace un movimiento de manos y la mantícora se desmaya; un chasquido de dedos y la barrera sube; tres palabras irrepetibles y todos los umakos caen rendidos a sus pies. Pronto se encuentran frente al túnel. Inés golpea una vez la piedra que abre la entrada y realiza una última advertencia.

-Ahora me esperarán aquí mientras yo traigo a Sol y tranquilizo al resto de los secuestrados.

-¡Pero…! -exclaman los chicos a coro.

-¡Nada! ¡Lo prometieron! -dice bajando una cortina transparente que les impide el paso-. Cambien la cara y esperen aquí. Mello, tú eres el responsable de ellos y de tu padre -finaliza y se lanza a correr con la agilidad de una niña. Solo entonces el grupo se da cuenta de que el cabello plateado de Inés brilla dentro del túnel.

No saben cuánto tiempo pasa hasta que ven el brillo acercándose en medio de la oscuridad. Una cabellera rojiza parece volar junto a Inés. El suspiro generalizado distiende el ambiente. Mello se adelanta y abraza a Sol, que se queda unos instantes apoyada en el muchacho. Los chicos suspiran.

-Como ven, la chica está sana y salva. Ahora, adelántense, tengo algo muy importante que hablar con ella. No, no me miren así. Avancen -ordena Inés y el grupo camina murmurando.

XXIV

El sol surge débil en medio de nubes anaranjadas. No corre viento. Las hojas crujen bajo los pies de los chicos que caminan a varios metros de distancia de Inés y Sol. La arboleda está seca. No hay seres vivos. Todo es gris. Mello se da vuelta cada cierto tiempo. Está inquieto. Intenta descifrar el tenor de la conversación de las mujeres. ¿Qué tramará su abu? Tal vez sea alguna de esas cosas feministas. No, si fuera eso, también llevarían a Regine. Primero ríen; luego habla su abuela. Sol se ve inquieta, mueve las manos y luego la cabeza negando. Inés la toma por los hombros, dice algo y Sol la abraza. Él está a punto de acercarse a ellas, cuando escucha a Manu.

-¡La bruma! ¡Inés! ¡Sol! ¡Vengan ya!

Todo se oscurece. El viento aparece con fuerza y levanta las hojas, provocando un remolino a su alrededor. A pesar de ello, el cielo no se despeja. El aire se enfría y escuchan una carcajada siniestra. Los chicos se abrazan y agachan la cabeza para evitar el golpe del polvo y de las hojas en la cara. Inés y Sol llegan hasta ellos. La abuela murmura unas palabras, mueve las manos y el torbellino se deshace.

-¡Te esperaba, vieja cobarde! -exclama Vanessa levantando la barbilla y el pecho mientras da un paso hacia Inés. El cabello le tapa la mitad del rostro, resaltando los huesos de un lado de la cara.

-Cobarde, no. Solo me he tomado mi tiempo. Quería darte la oportunidad de enmendar el camino ¿Qué te pasó? ¡Eras tan distinta cuando pequeña! -dice y haciendo un movimiento en el aire construye una pantalla. En ella, los chicos descubren a una niña y una adolescente sentadas en una cama con dosel. La mayor peina a la pequeña. Ambas ríen.

Los chicos se miran sorprendidos. ¡Tantos secretos! ¡Tantas historias que no conocen!

-¡Ay, prima! Siempre has sido tan romántica. Por supuesto que no atesoras los otros recuerdos, los verdaderos. Seguro los has olvidado -responde y en la misma pantalla aparece Inés siendo aplaudida por mucha gente y la niña, un poco mayor, observa con expresión agria la escena desde lejos-. ¡Esa es la realidad! ¡Tú me alejaste! Yo te admiraba y confiaba en ti. Dijiste que me ayudarías a triunfar. Lo único que hiciste fue abandonarme por el poder -agrega con un grito agudo metálico que obliga al grupo a taparse los oídos.

Inés no se altera y la mira como si aún fuera una niña.

-Siempre te he querido. Fuiste tú quien se alejó. No me interesaba el poder. Bien sabes que la Cofradía tiene escritas sus reglas y estas se develan cuando llega el momento. No puedes negarte a ellas. Una vez que has sido mencionada por el gran libro debes someterte a sus designios.

-¡Podrías haber renunciado a dirigir Cofraluz! ¡Sabías cuánto ansiaba ser yo la que guiara la Cofradía! Pero no, preferiste recibir todo el crédito. Lograste que nunca me vieran, pero por fin todo será distinto. He cultivado la rama de la magia que tú despreciaste. La oscuridad es parte del equilibrio. ¡Ahora sentirás lo que es el verdadero poder! -dice levantando las manos y grita- *¡Infirmi!*

Inés se tambalea. Antonio y los chicos se abalanzan sobre Vanessa. No la alcanzan. La mujer levanta una mano creando un globo de vidrio donde los encierra. Una docena de umakos los rodea. "Si atacan nos convertirán a todos", piensa Mello mirando de reojo. Se da cuenta de que no puede romper el vidrio. Si ellos no pueden salir, los umakos no entrarán. Al menos por el momento. Pero, ¿y la abuela?

-Jajaja. Transfiéreme el poder. Hazlo ahora -dice Vanessa, estirando su mano casi hasta tocar el anillo que Inés porta y que los chicos notan por primera vez. Es una versión del medallón, pero el trébol brilla emitiendo luz en todas direcciones

-Podrás matarme, pero el anillo ya tiene una nueva dueña y no eres tú. El libro ha hablado. El tiempo se termina para las dos. Asúmelo.

-No te creo. Bastará un movimiento para que tu familia desaparezca, Inés. Piénsalo. No podrías vivir con el cargo de conciencia -afirma mientras tuerce la boca en una mueca macabra.

El aire se ha vuelto irrespirable. Un calor asfixiante reemplaza el hielo de hace unos minutos y la oscuridad es más densa. El vidrio de la improvisada cárcel está empañado y el grupo no logra distinguir qué está sucediendo. Los medallones han enloquecido. Los chicos se toman el pecho e intentan liberarse de la taquicardia que producen. No lo consiguen. La respiración se les hace difícil.

-No lo harás. También es tu familia. La que te perdiste odiando por años -replica Inés con voz queda. El hechizo comienza a afectarla.

-¿La han escuchado? ¡Esos niños son mi familia! -dice con sorna a los umakos, que emiten un sonido gutural, una especie de risa ahogada-. Pero Antonio... él sí debió serlo. Todo sería distinto. ¡Ay, Antonio! ¡Cómo te equivocaste tanto de lado! También me traicionaste. Y tú, Mello, no tendrías que morir porque serías mi hijo…

-Eso jamás -afirma Mello intentando mantener la calma, aunque siente que el pánico se apodera de él. No distingue a Inés. ¿Cómo hacer para salir de la celda de vidrio? ¿Cómo detener el deterioro de sus amigos, de su padre y de su abuela?

-Mello, Mello; sería bueno que te rindieras. El mundo está hecho de luz y de oscuridad. Si no abrazas las sombras nunca estarás completo -explica con voz falsamente dulce-. Sígueme y no habrá represalias. Si te niegas, mis umakos y yo podemos encontrar alguna forma de persuasión. ¿Verdad niños?

Los umakos vuelven a emitir ruidos roncos balanceándose y Vanessa ríe a carcajadas.

-¡Prefiero morir! -responde Mello golpeando el vidrio con puños y pies.

Los demás advierten un movimiento afuera. Regine, Sol, Manu y Antonio toman instintivamente de los brazos a Mello y lo lanzan al suelo justo cuando Vanessa cruza las palmas.

-¡*Mortem!*

El grito de todos retumba. Escuchan a Inés diciendo algo que no logran distinguir. El vidrio estalla y, con él, los umakos. Un rayo rompe el cielo y todo se aclara por un momento. A lo lejos, Mello ve desaparecer a Vanessa. Entonces corre hacia Inés y comprende que es demasiado tarde. Abraza a su abuela que permanece en el suelo, pálida. Está malherida. Apenas puede hablar, pero sonríe. Antonio se arrodilla al otro costado y acaricia la cabeza de su madre, que se ha vuelto pequeña ante sus ojos.

–Todo estará bien –dicen padre e hijo al mismo tiempo conteniendo el llanto, mientras toman sus manos.

–Así será. Todo va a estar bien. Antonio, tú y Matilda tienen una gran misión por delante. Pronto será revelada. Regine y Manuel, no deben abandonar Cofraluz. Ustedes son la esperanza, el soporte de Mello y de los que vendrán. Sol, acércate, por favor. Ya sabes lo que debes hacer –dice. Se quita el anillo y lo entrega a la chica.

–No puedes hacernos esto –responde la chica, que llora mientras acepta la joya y besa a la mujer en la frente. Tiembla de pies a cabeza

–Nadie escapa a su destino, mis queridos. Necesito que se vayan ahora –dice, mientras por el borde de su boca escapa un hilo de sangre.

–No, abu, debes venir con nosotros –ruega Mello entre sollozos y, mirando a sus compañeros hace un gesto para que lo ayuden a cargar a la abuela.

–No hay tiempo, mi amor. La naturaleza se encargará. Corran, corran.

Inés les sonríe por última vez. Cuando cierra los ojos, un estruendo los estremece y la tierra comienza a moverse.

XXV

Antonio se incorpora, toma a Mello por un brazo y a Sol por el otro. Hace un gesto con la cabeza a Manu para que se encargue de Regine, mientras comienza la carrera hacia el puente. Mello y Sol buscan a Inés con la mirada; la anciana ya ha desaparecido bajo la polvareda que levanta el terremoto. Los chicos escuchan sus propios sollozos como ecos que rebotan en los oídos. Necesitan detenerse. Los medallones se sincronizan con la respiración. El estruendo del islote es cada vez más fuerte y el pánico se apodera de Manu.

-¡No os detengáis, chicos! Esto se hundirá en cualquier minuto -exclama con el rostro pálido justo cuando una enorme rama cae a centímetros de su cuerpo y le roza el brazo derecho.

-¿Estás bien? -pregunta a gritos Mello soltándose del brazo de su padre.

-Sí.

-¿Y Regine?

Ella asiente y sigue avanzando. Una enorme piedra golpea el suelo demasiado cerca, dejando un agujero inmenso. Regine da un salto y se adelanta.

-¡Avancemos, todavía falta para llegar! ¡Qué nadie se quede atrás! -ordena Mello aún con lágrimas en los ojos.

Los árboles se tuercen o caen tras el paso del grupo. Antonio se va rezagando y Mello tiene miedo. Le pregunta si necesita ayuda y su padre niega. Con la mano le indica que siga, que está todo bien.

Al llegar al puente comprueban que parte de los palos que lo formaban han desaparecido. Las barandas tampoco están.

-La plataforma no es segura, chicos, es...

-Es eso o morir en este lugar, Re.

-Okey. Yo voy primero. Soy el más alto. Veamos si resiste -dice Mello y se lanza a cruzar con rapidez. Las tablas crujen, pero logra llegar sin problemas. -Regine, tu turno.

-¡No puedo! Odio las alturas, y ahora peor sin barandas. ¡No puedo! -lloriquea y se deja caer de rodillas al suelo tapándose los ojos.

Mello piensa rápido y decide.

-Sol, acompáñala hasta la mitad. Luego regresas. Regine, cierra los ojos y te recibo en el centro.

Ella comprende que no puede detener el avance del grupo y, temblando, se apoya en el brazo de Sol. Las chicas caminan muy lento y logran llegar al centro. Sol tiene la tentación de cruzar con ella, pero se arrepiente.

-Re, abre los ojos.

-No..., no quiero.

-Estoy aquí, muy cerca. Mírame a los ojos -dice Mello y la convence para que avance de a poco.

-Cuidado con el próximo paso. Que sea grande.

Regine se tambalea, tiene una arcada; la adrenalina la obliga a alargar el paso quedando a menos de un metro de tierra firme. Solo entonces Mello se acerca y la lleva hasta el final del puente.

-No me mires así. No sabía si resistiría mi peso y el tuyo combinados.

Sol termina de pasar y se sienta en el pasto; aún le tiemblan todos los músculos. Antonio quiere ser el último en cruzar. No se lo permiten y, a pesar de su debilidad, logra llegar al otro lado fácilmente.

Cuando es el turno de Manuel todos están más relajados. Mientras cruza realiza unos pasos de baile, haciendo reír a los demás. Se saca el medallón y juega armando figuras en el aire. Mello no conoce esa faceta del español y tiene un mal presentimiento.

-Anda, Manu; ven de una vez, por favor. Tenemos que llegar a la casona. Hay mucho que...

No alcanza a terminar de hablar cuando un nuevo estruendo los lanza al suelo y un grito de Manu les pone la piel de gallina.

-¡Mieeeeerda! ¡Ayudaaaaa!

El puente se ha caído y Manuel se aferra con una mano a lo que queda de las tablas mientras con la otra sostiene el medallón.

-¡Resiste, hijo! -grita Antonio-. ¡Ustedes, sosténganme con fuerza de los pies!

En un movimiento rápido, obedecen. Antonio se deja caer hasta tocar el brazo de Manu. Cuando el chico grita, él lo suelta. Descubre sangre en sus manos. Es el brazo herido.

-Perdón, Manuel. Tienes que soportar.

-Cantemos la melodía de Mello -sugiere Sol y las voces se unen-. Ahora, Antonio. Inténtalo.

Aunque Manu se queja, la cadena de cuerpos y la melodía fortalecen la acción. Pocos instantes más tarde, todos están tendidos sobre la isla. Un nuevo estremecimiento les muestra la caída del puente y ven cómo el islote se hunde.

-¿Y qué sucederá con el resto de los científicos? -pregunta alguien.

-Vanessa los liberó el día de mi captura -informa Sol.

-Es lo que sospechaba. Solo me quería a mí -explica Antonio.

XXVI

A pesar de que arrastran los pies y que su aspecto asustaría a sus propias madres, los chicos respiran con tranquilidad. Nadie habla. Manu patea piedrecitas, Regine tararea muy despacio. Antonio abraza a Mello y Sol camina al final de la hilera. Se detiene, estira la mano y observa el anillo que Inés le entregó antes de morir. Se lo pone sobre el corazón, lo acaricia recordando a su dueña y piensa en lo bueno que sería estar en la casona. De inmediato, el grupo se encuentra en la puerta.

-¿Qué pasó? ¿Cómo llegamos aquí? No me quejo, pero es tan raro, es realmente mágico, si no fuera porque...

Sol mira a Regine y cruza el índice sobre sus labios. Ella comprende y calla. Manu, Antonio y Mello no se han dado cuenta. Alguien abre la puerta y Regine da un salto emocionada. Uno de los silentes se apura a hacerlos pasar. Mello no puede cerrar la boca. El comedor brilla, las aves azules cantan, hay libélulas alrededor del árbol central que luce una enredadera verde y viva. La inmensa biblioteca del salón está en perfectas condiciones. ¿Cómo pasó?

La liberación de Antonio provocó la esperanza y la desaparición de Vanessa limpió las energías de este lugar. La casa de Cofraluz ha vuelto a ser lo que era.

Felicitaciones, chicos, lo consiguieron. No se descuiden, ellos lo volverán a intentar. Ahora, a disfrutar de una buena cena.

Esta vez no solo habla Calixto; los chicos también escuchan las felicitaciones de Inés. Comprobar que la frase de Lavoisier aprendida en el colegio "nada se pierde, todo se transforma" es una realidad les devuelve la energía. Y el hambre.

Los aromas despiertan los estómagos vacíos provocando un concierto vergonzoso y colectivo. Una carcajada general libera las últimas resistencias y los silentes indican, con un gesto, la invitación a tomar un baño y a cambiarse de ropa.

Poco más tarde, los cinco comparten un *buffet* con ensaladas de verduras, frutas, pasteles, frutos secos y muchos jugos naturales. El ánimo ha cambiado. Las conversaciones y bromas se extienden hasta terminada la cena.

-Partiremos por la mañana. Vi que las habitaciones están preparadas -dice Antonio sin poder evitar un enorme bostezo que contagia al resto-. Me voy a la cama; les recomiendo que hagan lo mismo.

Acercándose a Mello, Antonio lo besa en la frente. Él se para y lo abraza fuerte.

El silencio se apodera de los chicos. De a uno se levantan y se dan las buenas noches.

Mello sabe que no podrá dormir de inmediato. Agradece a los silentes y se dirige a respirar aire puro. Abre la puerta del salón; el aroma del mar lo invita a salir. Cierra con suavidad y, tomando uno de los caminos pedregosos que llevan a la orilla, va acercándose a la arena. A esa hora, la playa emite reflejos violetas que lo maravillan.

Se deja llevar por el rumor de las olas. Tiene sentimientos encontrados. Está orgulloso por la misión cumplida, tranquilo por la presencia espiritual de su abuela y triste porque no podrá volver a abrazarla. Por otra parte, la incertidumbre de lo que vendrá se va apoderando de él. ¿Cuándo volverán a verse con los chicos? ¿Cómo serán las otras misiones en las que tendrá que participar? Y Sol, ¿qué onda cuando ella vuelva a California? Se sienta sobre una roca, se descalza y camina hacia el mar.

El agua acaricia sus pies con tibieza. La noche estrellada enmarca el horizonte semicircular. Respira profundo varias veces, levantando los brazos como le enseñó su abuela de niño, y se devuelve hacia la arena seca. Se tiende de espaldas. "Soy parte del universo", piensa. Una grata sensación le recorre el cuerpo.

-¿No es una belleza? -dice una voz que lo hace dar un respingo y levantarse con rapidez.

-¿Cómo llegaste hasta aquí? -pregunta y de inmediato se siente estúpido.

-Igual que tú, caminando.

Ambos ríen. Conectados, se tienden a mirar las estrellas.

Permanecen en silencio por un rato, oyendo el sonido del mar y la respiración del otro. Sol propone una caminata, se pone de pie y ofrece su mano a Mello, que está a punto de iluminar la noche con su cara. Con la ayuda de Sol se levanta y, en un acto de arrojo, permanece junto a ella sin soltarla.

Pierden la noción del tiempo. La compañía se vuelve más grata y necesaria a cada minuto. Las palabras sobran.

Sus corazones laten al mismo tiempo y por idéntica razón.

Un movimiento brusco en el agua los asusta. Descubren a sus delfines que nadan a pocos kilómetros de la orilla y sonríen. Ellos los saludan de lejos con sus saltos.

Cuando el cielo comienza a clarear deciden volver al caserón. En la entrada sueltan sus manos. Mello se acerca despacio con los ojos inmensos, brillantes. ¿Se atreverá a besarla? Piensa que no sabe qué hacer con su nariz. Sol se acerca y es ella quien lo besa en los labios con suavidad. Solo se dicen "hasta mañana" sin mirarse a los ojos. Sol entra de puntillas. Mello, con el corazón al galope, mira al cielo y cree ver la imagen de su abuela dedicándole un guiño. Entra y se dirige a su habitación. Otra vez dormirá poco. Sonríe. Por nada del mundo se hubiera perdido aquella mágica caminata.

XXVII

El despegue es diferente esta vez. Mello no está solo. Además de su padre, el resto de Cofraluz viaja con él. Por primera vez ha elegido la ventana en el avión y descubre cómo la ciudad va quedando atrás. La gente, los autos y la tierra dejan de ser lo que eran y se convierten en juguetes. Se sorprende al descubrir que el miedo ha desaparecido. Tiene la sensación de haber vivido un siglo en pocas horas. No sabe cuántos días han pasado desde que comenzó la aventura y la verdad es que tampoco le importa. Antonio está a su lado. Tiene los ojos cerrados y respira sereno. Al otro lado, Manu comienza a ver una película. Su brazo entablillado y unas enormes ojeras son indicios de los últimos sucesos, pero también está tranquilo. En la fila de adelante puede ver el movimiento de las cabezas de Sol y Regine conversando.

La solidaridad demostrada por los chicos aún lo emociona. Está agradecido y también angustiado por lo que viene. ¿Cómo explicar la muerte de la abuela en casa? "Pobre Federico, pobres de nosotros", piensa. Inés ha sido el pilar de la familia. Deberán aprender a vivir sin ella. Pero no es lo único. El corazón palpita más fuerte al pensar en que Sol volverá a California. ¿Cuándo estarán juntos nuevamente? La respiración se agita un segundo hasta que, detrás del asiento de adelante, se elevan unos ojos verdes y una nariz pecosa. *Siempre estaremos juntos,* modula sin voz, y luego vuelve a su posición inicial. El corazón del chico se inflama. Con el rostro granate mira por la ventana, se hunde en el asiento y esboza una sonrisa.

La van que los traslada desde el aeropuerto avanza rápido hacia el hogar de los de la Huerta. La tensión al interior del vehículo podría definirse como nerviosa-feliz. Ansían el reencuentro de Antonio con su familia. Entienden que resistió las vejaciones del secuestro con la esperanza de volver a verlos. Hambre, sed, insultos, ahora quedan en el fondo de la memoria. Él confía en que pronto podrá borrar esos recuerdos.

Cuando se estacionan frente a la casa, Mello baja, hace un gesto de asentimiento y abre la puerta franqueando el paso de su padre.

Todos respiran aliviados. Volver a casa es llegar a un lugar seguro, también para los amigos. El aire es primaveral y las flores del jardín parecieran estar especialmente hermosas. Ranúnculos blancos y amarillos forman una verja a un costado de la entrada dando la bienvenida a los viajeros. El césped, una alfombra con distintos tonos de verde, invita a entrar.

-¿Cómo me veo? -pregunta el padre, estirándose la camisa y acomodándose el cabello que cae sobre la frente.

-¿De verdad importa? -Mello responde con una mueca divertida. Cruzan la reja apoyados en el otro. El resto de Cofraluz baja los instrumentos y equipajes para que la van pueda irse.

En la ventana del *living* una figura mueve la cortina. El aullido de Kat se suma al sonido que hace la puerta al abrirse. Unos pasos cortos y firmes se acercan a toda velocidad.

-¡Papáaaaaaaaa! -grita Federico lanzándose a los brazos de Antonio, que lo levanta unos centímetros, le da vueltas y lo regresa al suelo.

-¡Cómo has crecido, campeón! ¡Ya casi no te puedo! -dice abrazando al pequeño. Mira al grupo sonriendo agradecido y calla para recibir la avalancha de novedades.

-¡Sí! ¡Y ya ando solo en bici! ¡Y soy el ayudante oficial de la abuela en la cocina! -comenta orgulloso, y apoyando una mano en la barbilla, reflexiona-. ¡Uy, la abuela! Dijo que tenía algo que hacer y no ha vuelto. Pucha y quedó de llevarme al cine y la pesada de la Pila no quiere ir conmigo y están dando una nueva peli de Marvel...

Desde una casa vecina se cuelan los acordes de *An Englishman in New York,* una de las canciones preferidas de Inés. Mello y su padre se encuentran en una mirada. Antonio acaricia la cabeza de Federico.

-La abuela tuvo que viajar muy lejos. Yo te llevaré al cine. Sería bueno ver qué hacen los superhéroes hoy en día -responde, intentando sonreír.

-Llama a Pila y a mamá, Fede, ¡por fa! -pide Mello y se seca una lágrima antes de que avance por su mejilla.

-¡No, yo quiero estar con papá! Y después quiero ir al cine -dice el chico, aferrado a la cintura de Antonio.

-Pero enano, ¡qué te cuesta!

De espaldas a la casa, Mello percibe la cercanía de unos pasos suaves y no necesita dar la vuelta para saber a quiénes pertenecen.

-No hace falta, hermanito. Aquí estamos -anuncia Pilar a menos de un metro con una sonrisa abierta, mientras lleva del brazo a una Matilda temblorosa que mira al suelo.

XXVIII

-Mamá, levanta la cabeza. Papá está aquí.

-No me mientas, Pilar. Antonio se fue con Claudia -responde Matilda, que mira al frente pero no ve a su marido. No percibe su presencia.

-¿Qué pasa, papá? ¿Por qué no vuelve a ser como antes? ¿Es... se convirtió en...? -pregunta Pilar con miedo. Antonio intenta abrazar a su mujer, pero ella se niega.

-¿Alguien entiende lo que sucede? Si Vanessa se fue, ¿por qué mi madre no está bien?

Sol se toca la mano. El movimiento genera la mirada del grupo. Inés está presente; la magia está en la joya. Las aves emiten destellos violeta, los medallones también. Es la señal perfecta.

-El anillo de Cofraluz pide música. Está latiendo. A tu mamá aún le falta sanar. Hagamos lo que sabemos hacer.

La idea los entusiasma y se mueven rápido.

-Mamá, traje a unos amigos. Somos una banda -dice Mello-. ¿Quieres que toquemos para ti?

-Bueno, pero solo un rato. Estoy cansada. Y usted, ¿quién es? -pregunta dirigiéndose a Antonio.

-Es un invitado de la discográfica, mamá. Es muy importante que él escuche lo que vamos a tocar -inventa.

Mello busca su bajo y a los pocos minutos están instalando todo para dar un pequeño concierto en el *living*. El cansancio se va. Abren puertas y ventanas; quieren seguir respirando la frescura de las flores estacionales. La flor de la pluma parece más aromática que nunca.

Antonio se ha sentado cerca de Matilda y le habla de lo talentoso que es su hijo. Su voz tiembla, pero se mantiene a una distancia prudente. Pilar lleva a Federico a su habitación; no quiere explicar algo que ella misma no entiende. Las cartas le han mostrado la rueda de la fortuna, pero Matilda no reacciona y su abuela no ha vuelto. Piensa que tal vez le falte mucho para llegar a ser buena con el tarot. La madre escucha el parloteo de Antonio sin hacer un gesto.

Mello comienza a tocar. La clave de Fa nunca antes le ha fluido tan fácil. Los bajos inundan de ternura la sala. Una sensación de tranquilidad y unión crece. Matilda se queda dormida. Los chicos se suman a la melodía; Sol lleva la línea melódica con la guitarra, Manu frasea y Regine marca el ritmo con un pequeño pandero. La electricidad pasa por todos, activando cuerpos y espíritus. Antonio está alerta, emocionado. El primer cambio que Mello nota en su madre lo esperanza. Sus mejillas van del gris al rosado. Ella se despereza. Es una gata que crece, hermosa. Sus ojos verdes se abren iluminando el lugar. La cara pecosa aparece bajo las capas de dolor. Antonio toma su mano. Ella lo mira. El abrazo de ambos es pura vida en movimiento.

-Mamá está muerta, pero vive -explica Antonio quitando el cabello que cae sobre el rostro de Matilda. Ella suspira y abre los ojos, esperando. No se atreve a preguntar, aunque necesita saber.

-No lo puedo creer -comenta en un susurro, pensando cómo se lo dirá a Federico.

-¿Cómo que está muerta pero vive? ¿Qué has dicho, papá? -pregunta Pilar desde el umbral mientras limpia sus lágrimas con el borde de la polera.

Mello hace un gesto y la música cesa. Ha llegado el momento, es necesario develar la verdad. Deja el bajo y se sienta de piernas cruzadas en el suelo, frente a Matilda. Relata el enfrentamiento con Vanessa, de cómo Inés los salvó del hechizo, del traspaso del anillo a Sol; de su presencia la noche en que caminaron bajo las estrellas.

Pilar, que ha llorado bastante durante el relato, ahora no puede evitar una sonrisa. Sol mira a Mello con el ceño fruncido y luego sonríe también.

El tiempo vuela. Matilda se recupera con rapidez. Después de escuchar la historia, sube al santuario y vuelve con una bolsa de libros y artículos preciados de su suegra.

-Para ti, Sol. Imagino que Inés estará feliz al saber que conservas parte de sus tesoros -dice Matilda abrazándola-. Es probable que más de algo te llame la atención -indica con un guiño.

Sol comienza a revisar y encuentra un corazón con la foto de Mello. Sus pecas brillan en una aureola rojiza que intenta apagar respirando. Decide que nada importa sino lo que está viviendo. Vuelve a mirar el interior de la bolsa y da un grito.

-¡Un refractante! ¡Qué bacán! -exclama y los demás lanzan una carcajada.

-¿Un qué? -pregunta Regine.

★★★

Cofraluz debe partir. Regine al Líbano, Manu a España y Sol a California. El teléfono suena.

-Sí, habla Antonio de la Huerta... claro, en un par de horas estará listo el antídoto... ¿Cuántas dosis...? No, no las tengo, pero puedo compartir la fórmula... Sí, no hay problema...

-Parece que todo va tomando el curso del que nunca debió desviarse. Ahora, hay algo que debemos hacer... juntos -dice Mello suspirando a la vez que mira a Sol, que tiene los ojos inundados en lágrimas.

-...dos, tres, cua... -Regine termina la cuenta y el sonido llena la habitación.

La familia ha recuperado su rutina y la presencia del espíritu de Inés indica que todo está bien. Los medallones laten y la música genera un estado de bienestar indescriptible. Sol ha puesto el refractante a una distancia prudente de la cámara. La luz que envía se expande por el planeta.

Dos meses después

...la mejoría de cientos de pacientes debido al uso del antídoto creado por el científico chileno Antonio de la Huerta, que está siendo utilizado por varios laboratorios en Asia y Europa para fabricar y distribuir las dosis a nivel global. En África aún no reciben el medicamento, pero algunas fuentes aseguran que parte de la población que escucha la música de un grupo llamado Cofraluz ha comenzado a dar señales de mejoría. De ser así, miles de personas en ese continente y otros lugares de difícil acceso podrían sanar por medio de la musicoterapia al escuchar las composiciones de esta agrupación, que están disponibles para

descarga gratuita en Internet. En otras informaciones, el precio del cobre tuvo un alza de…

-¡Hablan de nosotros! ¡Qué bueno estar juntos nuevamente! Parece imposible todo lo que hemos pasado. ¡No saben la felicidad que siento! Necesito abrazarlos -dice Mello y estirando los brazos, espera al grupo.

Manu, Regine y Sol se miran y gritan al unísono: "¡Montón, ahora!" y, empujando a Mello a su cama, se lanzan sobre él riendo a carcajadas y aplastando el control del televisor. El volumen llega a cero, todos ríen y se felicitan. Ahora tienen claro que la misión, definitivamente, fue un éxito.

En la pantalla, la imagen muestra un pequeño pedazo de tierra en medio de un océano. El generador de caracteres señala: "Surge isla con enredaderas carnívoras frente a las costas del sur de Argentina. Se cree que está relacionada con extraños temblores que han afectado la zona".